Oskar Welten

Ein Weib der Revolution

Tragödie in fünf Akten

Oskar Welten

Ein Weib der Revolution
Tragödie in fünf Akten

ISBN/EAN: 9783744630443

Hergestellt in Europa, USA, Kanada, Australien, Japan

Cover: Foto ©Andreas Hilbeck / pixelio.de

Weitere Bücher finden Sie auf **www.hansebooks.com**

Ein Weib der Revolution.

Tragödie in fünf Acten

von

Oscar Welten.

Das Recht der Aufführung und Uebersetzung dieses Stückes behält sich der Verfasser vor.

Wien 1871.

Verlag der Beck'schen Universitäts-Buchhandlung

(Alfred Hölder).

Der königl. würtemb. Hofschauspielerin

Fräulein

Rosa Frauenthal

in unwandelbarer Freundschaft

gewidmet

vom Verfasser.

Vorrede.

Mag es immerhin mißlich erscheinen, wenn ein Autor seinem Werke einige Zeilen vorausschickt, in welchen derselbe dem Leser den Standpunkt auseinandersetzt, von dem er an die Ausführung seiner Arbeit ging, so kann ich im gegenwärtigem Falle dieser Eventualität doch nicht ausweichen, da man sonst, verführt durch den Titel, „Ein Weib der Revolution" (einen andern aber wußte ich nicht zu wählen), an die Betrachtung meines Werkes mit Erwartungen heranträte, welche nicht erfüllt werden.

Es lag nicht in meiner Absicht, eine h i s t o r i s c h e Tragödie zu schreiben, welche ein bewegtes Bild der französischen Revolution gibt, sondern eine L i e b e s=Tragödie mit stark ausgeprägtem historischen Hintergrunde. Der erstgenannten Aufgabe in e i n e m dramatischen Werke gerecht zu werden, halte ich bei dem gewaltigen Umfange und Inhalte des Stoffes überhaupt nicht für möglich, und Werke, wie: Büchner's „Danton's Tod," Ponsard's „Charlotte Corday," Gottschall's „Theroigne de Mericourt," Hamerling's „Danton und Robespierre" bestätigen diese meine Ansicht: es sind B r u c h s t ü c k e eines großen Ganzen, denen Anfang und Ende fehlt; alles Fragmentarische aber läßt eine entschiedene Wirkung nicht zu, wofür Goethe's „Faust" selbst einen Beleg liefert.

Die französische Revolution dramatisch zu behandeln, wäre nur in der Art der Shakespear'schen Historien möglich, in einer Reihe von Stücken, welche die hervorragenden Momente der Epoche von der Erstürmung der Bastille bis zum Auftreten Napoleon's darstellen, und wovon immer eines auf das andere basirt, eines die Kenntniß des anderen erfordert, wie dies ja auch bei den Historien der Fall ist. Damit aber wäre ein Cyclus von Buchdramen geschaffen, an deren Aufführung sich wohl nicht bald eine deutsche Bühne wagen würde. Der Zweck des Drama's in erster Linie aber ist Darstellbarkeit und Darstellung, und diesem Zweck, so weit es in meiner Macht liegt, nahe zu kommen, begnügte ich mich, eine Liebestragödie zu schreiben, welcher der Ausbruch der französischen Revolution zugleich als Hintergrund und als dramatisches Movens dient. Daß ich mich hiezu einer historischen Gestalt, der Theroigne aus Marcourt, als Hauptfigur bemächtigte, und ihr Auftreten als Revolutionsheldin, als „Weib der Revolution" rein menschlich und weiblich motivirte (was vielleicht nicht ganz unrichtig ist), dürfte mir eine historische Kritik als schlimmes Vergehen gegen Frau Klio vorwerfen, — die ästhetische Kritik wird dagegen wohl keine schroffe Einwendung erheben, wenn ich nur im Uebrigen den dramatischen und poetischen Anforderungen derselben gerecht wurde. Die ästhetische Kritik aber ist es, deren Urtheil ich vertrauensvoll anspreche.

Wien, im April 1871.

O. W.

Ein Weib der Revolution.

Personen:

Graf Julius von Suleau.
Graf Bermont, sein Freund.
Marquis de Longueville.
Abbé Sanscoeur.
Thomas, Diener Suleau's.
Pierre Theroigne, Grundbesitzer.
Lucile Theroigne, seine Tochter.
Jeanne, deren Amme.
Franz, Diener des Theroigne.
Castelnaux.
Linguet, Advocat und Literat.
Jourdan, Volksführer.
Pierre ⎱
Paul ⎬ Bürger.
Jacques ⎰
Ein Mädchen.
Santerre, Bierbrauer ⎫
Eine Kellnerin   ⎬ stumme Personen.
Zwei Diener   ⎪
Drei Männer   ⎭

Volk. Nationalgardisten. Amazonen.
Ort der Handlung: Im ersten Halbact das Dorf Marcourt;
dann Paris.

Zeit: Das Jahr 1789.

Erster Act.

Dorf Marcourt. Arbeitszimmer des Pierre Theroigne.

1. Scene.

Pierre Theroigne (am Schreibtisch). **Franz**.

Franz
(macht sich im Zimmer zu schaffen. Für sich):
Nicht länger darf ich schweigen! Mag der Schmerz
Ob dieser Kunde ihn auch tief erschüttern, —
Vernehmen muß er sie! — Vielleicht läßt sich
Zum Bessern noch das Ganze wenden, ja,
Vielleicht ist noch zur Reife nichts gedieh'n,
Und die Gefahr verscheucht ein rasches Wort.
Doch später wär's zu spät! — Du armer Mann! —

Theroigne.
Was murmelst Du? Du scheinst mir ganz verstört,
Und tiefer sind die Furchen Deiner Stirne!
Wenn Dich was drückt, sag's immer nur heraus,
Und kann ich helfen, gerne soll's gescheh'n.

Franz.
O Herr! —

Theroigne.
Nun? sprich!

Franz.
O Herr! Was mich bedrückt,
Mehr trifft es Euch als mich, und kaum den Muth
Hab' ich, es Euch zu sagen. Doch, verzeiht,
Ich muß!

Theroigne.
Wie? Mich betrifft es, mich? Und wie
Ein Unglück kündest Du es an?

Franz.
Ein Unglück! Ja, ein großes, großes Unglück!

Theroigne.
Um Gotteswillen, sag', was ist gescheh'n?

Franz.
O faßt Euch, Herr, und hört mich ruhig an,
Denn Fassung habt Ihr, Ruhe jetzo nöthig.
Was ich Euch sagen muß, betrifft —

Theroigne.
Lucile?! ....

Franz.
Ja, Eure Tochter!

Theroigne.
Meine Tochter! O!
Dann kann es nur ein großes Unglück sein,
Und Alles ahn' ich, wenn ich es bisnun
Auch noch nicht auszudenken wage! — Franz,
Du siehst, auf Schlimmes bin ich schon gefaßt,
Ja, auf das Schlimmste selbst, und ruhig will ich
Dich bis zu Ende hören. D'rum soll auch
Kein Mitleid Dir die Zunge fesseln, und
Der Worte Bitterkeit die Schonung Dir
Nicht mildern. Alles sag' mir, was Du weißt,
Und sag' es ganz! — Und nun beginne!

Franz.
Herr!
Vom Hörensagen nur weiß ich das Meiste,
Und das Gerücht ist eine Wortlavine,
Die wächst, wie sie von Mund zu Munde rollt;
D'rum denk' ich auch, es wird so schlimm nicht sein.

Theroigne.
So schlimm nicht, und man spricht bereits davon?
Die Andern wissen es, — der ganze Ort

Erzählt sich schon die herrliche Geschichte,
Und ich, — nur ich bin blind und taub und blöd?
O Schmach! — Doch weiter, weiter, alter Mann!
Wie lautet Dein Gerücht?

Franz.
    Seit Wochen schon,
So heißt es, schleicht ein junger Mann des Nachts —
Um Gott! Was fehlt Euch, Herr?

Theroigne.
      O, daß die Hölle!...
Seit Wochen schon! — Doch weiter! Mach' es kurz!
Der Anfang war recht brav, führ's brav zu Ende,
Und bange nicht um mich! Ich fühl' mich stark!

Franz.
Wie faß' ich mich?

Theroigne.
   Nun, — schleicht ein junger Mann —

Franz.
Des Nachts, wenn Alles schläft, durch's Hinterpförtchen
In Euren Garten, wo Lucile sein harrt.

Theroigne.
Lucile? Ha, ha! das weißt Du ganz bestimmt?
Vielleicht macht er der alten Jeanne Visiten!
Und bleibt er lang?

Franz.
   Bis gegen Morgen oft!

Theroigne.
Ja, dann wird es Lucile wohl sein, die er
Besucht, denn bei der Alten, denk' ich mir,
Würd' er wohl schwerlich bis zum Morgen weilen.
Nun, das ist recht! Zum Lieben braucht man Zeit,
Und wenn man sich so trefflich unterhält,
Da flieh'n die Stunden wie Minuten hin!
Schau, schau! Mein schönes, kluges, schlaues Kind,
Du findest wohl Geschmack an Lieb' und Küssen,
Und meinst, das habest Du vom Vater her, —
Wärst ja wohl selber nicht, wenn er nicht wär'!

Franz.
O Herre, Ihr zerreißet mir das Herz
Mit Eurem bittern Hohn!
Theroigne.
Thor! soll ich weinen?
Für solchen Schmerz gibt's Thränen nicht, nur Flüche! —
Doch hast Du nicht gesagt, nur ein Gerücht
Sei dies? und überzeugtest Dich? —
Franz.
Ich hab's.
Theroigne.
Und sah'st ihn kommen? sah'st ihn geh'n?
Franz.
Ich — sah's!
Theroigne.
Und hast ihn nicht sogleich gepackt, getödtet?
Franz.
Wie konnt' ich, Herr, mit diesen schwachen Armen?
Theroigne.
Ach ja! Vergaß ich's fast! Du bist nicht Vater!
Doch weßhalb rief'st Du nicht nach mir?
Franz.
Ich baugte,
Ihr würdet, hingerissen von dem Zorn,
Euch auf ihn stürzen, — und im Kampfe dann —
Theroigne.
Den Kürzern zieh'n?... Dann kennst Du nicht die Kraft,
Die selbst dem Greise solcher Schmerz verleiht!
Stell' einen Riesen jetzo mir entgegen,
Vor meinem Angriff muß er, muß er stürzen!
Allein nun ist's vorbei! Was weißt Du noch?
Franz.
In seinem Schloß, so sagt man, rühme sich
Der junge Graf des neu errung'nen Sieges,
Und nenne sie sein kleines, süßes Liebchen, —
Und höhne Euch — den Vater!

Theroigne.
                    Wie, mein Kind,
Lucile das Liebchen eines Grafen? O!
Zu viel! das muß er büßen, doppelt büßen!
Doch sag, — wie heißt der Bube?

Franz.
                    Graf Suleau.
Ihr kennt sein Schloß?

Theroigne.
              Ob ich es kenne!
Verrufen ist's ja wie ein Freudenhaus! —
So ist es der? Und dem gefiel mein Täubchen?
Und wie ein Marder schleicht er Nachts in's Haus,
Und würgt es mir? — O hätt' er sie erwürgt!
Der Todten könnte ich verzeih'n, doch nie
Der Lebenden! — Weiß Jeanne davon?...

Franz.
                          O Herr!
Es heißt, sie sei gekauft!...

Theroigne.
              Es heißt? Es heißt?
Du Unglückselger, sage doch: es ist!
Sag's und beschwör's! O fühlest Du denn nicht,
Daß Du den letzten Vorwand, mild zu sein,
Den Fehltritt zu entschuld'gen, mir entreißt
Mit Deinem ängstlichen: Es heißt! Es heißt! —
Bring sie mir her!

Franz.
        Wen?

Theroigne.
          Jeanne, — und — und die And're!
Ja, Beide bring'!

Franz.
        Sogleich? — O Herr! Nicht so!
Erst faßt Euch, werdet ruhig, überlegt!

Theroigne.
Und überlegst Du, biß Dich in die Hand
Ein toller Hund? — Dann bist Du schon verloren!
Das Beil nur fass' und hau sie ab! — Nun geh'!
(Franz ab.)

2. Scene.

Theroigne (allein).
Das also, das ist's? Und ich merkt' es nicht?
Doch ja! Ich merkt' es lange schon, allein
Ich hab' es nicht begriffen, — nicht begriffen,
Warum des Mädchens Wangen oft so blaß,
Ihr ganzes Wesen unstät ist, warum
Ihr Blick den meinen stets zu meiden suchte,
Und demuthsvoll zur Erde sich gesenkt!
Ich hab' es nicht begriffen, daß die Sünde
In diesem Herzen wohnt, daß die Begier
Den Busen ihr, den — keuschen Busen schwellt! —
Doch jetzt, — jetzt, — wehe ihr!...

3. Scene.

Theroigne. Jeanne (tritt auf).

Jeanne.
Ihr rieft?

Theroigne.
(Für sich:) Sieh da!
Die Kupplerin! (laut) Nur näher, Alte! He?
Wie steht's mit meinem Kind?

Jeanne.
Ihr fragt, und saht
Sie doch vor kurzem erst, — vor einer Stunde!
Wie soll ich das versteh'n?

Theroigne.
Verstehst mich nicht?
Nun denn! Als ich sie heute Morgen sah,
Da fiel mir Ihre Blässe auf!...

Jeanne.
(Für sich:) O weh!

Theroigne.
(Für sich:) Sie zuckt! — (Laut:) Ja, ja, das fiel mir auf
und Dich
Befrag' ich d'rum. Das Mädchen scheint mir krank.

Jeanne.
Ich wüßte nicht!

Theroigne.
Doch unwohl? — Sag' es nur!
Dann rufe ich den Arzt.

Jeanne.
Sie klagte nicht!
Ich glaube, sie ist wohl, — ganz wohl!

Theroigne.
Ganz wohl?
So, so? Warum dann aber gar so blaß?
Schläft sie vielleicht nicht gut?

Jeanne.
O Herr, sie schläft,
Sie schläft vortrefflich!...

Theroigne.
Ei! Du sagst das zögernd!

Jeanne.
Ich?...

Theroigne.
Du! — Und sieh'! Du zitterst!

Jeanne.
Herr, ich bin, —
Ich bin schon alt!...

Theroigne.
(Für sich:) Ja, ja, schon alt! Die Jungen kuppeln nicht
(Laut:) So schläft sie also gut? — Doch auch — allein?

Jeanne
(schrickt zusammen und schwankt).

Theroigne.
Ha! Du erbleichst und bebst und wankst!
Jeanne.
O Herr!
Theroigne.
Und möchtest sprechen, leugnen, lügen! Doch
Die Zunge liegt gelähmt Dir in dem Munde,
Und ein „O Herr" vermag sie nur zu stammeln,
Das Alles sagt! — Ich hab' es wohl verstanden!
Ja, heißen soll's, sie schläft allein, doch heißt's:
Sie schläft zu Zwei'n! — Nichtswürd'ge Kupplerin!
Jeanne.
Um Gotteswillen, Herr!
Theroigne.
Ruf' Du den Teufel!
Die Hexen ruf', doch wag' nicht, Gott zu lästern! —
Nun, leugne doch, rechtfert'ge Dich, wenn Du
Die freche Stirne dazu hast; doch dies
Sag' ich Dir gleich, es wird zu nichts Dir nützen,
Denn ich weiß Alles.
Jeanne.
(Auf den Knieen:) Gnade! Gnade, Herr!

4. Scene.
Die Vorigen. Lucile und Franz.

Lucile.
Du riefst mich, Vater, und hier bin ich! Doch,
Mein Gott, was ist gescheh'n? Jeanne Dir zu Füßen?!
Theroigne.
Sprich nicht! Sprich nicht! — Erst wenn ich frage,
sprich! —
Erst diese da! — Franz! Peitsch' die Hexe mir
Zum Thor hinaus auf Nimmerwiederseh'n! —
Lucile.
O Gott!

Franz.
Herr!

Jeanne.
Gnade, Herr, Erbarmen!

Theroigne.
Schweig,
Elendes Weib, und Du — gehorche! Fort!
Aus meinen Augen, sonst ermord' ich sie!
(Franz mit Jeanne ab.)

5. Scene.
Theroigne. Lucile.
(Pause. Theroigne geht in heftiger Aufregung auf und ab. Lucile lehnt bleich an der Wand. Plötzlich bleibt Theroigne vor ihr stehen und sieht sie lange an.)

Theroigne.
Lucile! Mein Kind! Mein einz'ges, einz'ges Kind!
(Er wendet sich in tiefer Bewegung ab. Dann beginnt er auf's Neue:)
Lucile! Was hier gescheh'n, Du weißt es schon,
Dein Antlitz sagt mir's, und ich quäl' Dich nicht
Mit Fragen, die der Lüge Vorschub leisten.
Nein, Kind, das Unglück, das geschehen ist,
(Ich nenn' es Unglück nur, könnt's wohl auch noch
Ganz anders nennen, doch ich schone Dich),
Das Unglück wurde mir gemeldet, und
Nur fragen will ich Dich, wie es geschah,
Und dann, wie groß es ist! — Du wirst die Wahrheit,
Die ganze Wahrheit mir gesteh'n, auf daß
Ich wisse, was die Ehre heischt. Nun sprich!

Lucile.
(Halb für sich:) Entsetzlich! O! wie soll ich sprechen? Was
Soll ich ihm sagen? . . . .

Theroigne.
Nun, es wird Dir schwer.
Wohl faß' ich das, und helfen will ich Dir!
Du liebst?

Lucile.
Ja, Vater!

Theroigne.
Und er liebt Dich auch?

Lucile.
Ob er mich liebt!

Theroigne.
So glaubst Du das, Lucile?
Und meint er es auch ehrlich?

Lucile.
Wie Du frägst!

Theroigne.
Wie? diese Frage scheint Dir überflüßig?
Ich wollt', sie wär's! — Warum dann aber bergt
Ihr diese Lieb' vor mir? Warum schleicht er
Des Nachts nur sich zu Dir, wie ein Verbrecher,
Der Gründe hat, des Tages Licht zu scheu'n?
Warum? warum?

Lucile.
Mein Gott! — Er — wollt' es so! —

Theroigne.
Er wollt' es so? — Das ist Dein ganzer Grund?
Er wollte, daß Du gute Nacht mir gibst,
Und während ich nun wähn', Du gehst zu Bett',
Zu ihm, zum Liebsten eilst? — Er wollt' es so?
Er wollte, daß Du mich belügst, betrügst,
Mich, Deinen Vater, — und er meint's doch ehrlich?
O wahrlich! Wüßt' ich nicht, Du hast Verstand,
Für dumm, für blöde müßte ich Dich halten!
Doch bist Du's nicht! D'rum halt' ich Dich für schlecht.

Lucile.
Mein Vater!

Theroigne.
Nenne mich nicht so, Du hast
Dies Recht verwirkt, und weh' mir, daß ich's bin!

Lucile.

O!

Theroigne.

Weine nicht! Zu spät ist's und zu früh!
Laß' lieber uns von Deinem Liebsten sprechen,
Verliebten ist ja dies Genuß und Glück. —
Du also glaubst an ihn? Wenn ich jedoch
Dir sage, daß Du Unrecht hast, daß er
Vor seinen Freunden Dich sein Liebchen nennt,
Daß er mit Deinen Reizen, seinem Siege
Zu prahlen wagt, und Deine Ehre so,
Ja meine Ehre, meinen Namen schändet,
Daß wir nur zur Belustigung ihm dienen,
Und seinen saubern Gästen?

Lucile.

     O, Du lügst!
Du lügst!

Theroigne.

Ha, freche Dirne, dieses mir? —
Doch nein! Vielleicht ist dem auch so! Vielleicht
Lügt auch der ganze Ort, der Dich des Grafen
Geliebte nennt, und höhnisch d'rum auf mich
Mit Fingern weist als den betrog'nen Vater! ...
O Schmach! O Schande!

Lucile.

    Vater! Zeige nur
Nicht diesen Schmerz, der mir das Herz zerbricht!
Es ist so schlimm ja nicht, Verleumdung Alles!
Suleau wird mit Dir sprechen, morgen, heute, —
Ja, heute noch, und wird um meine Hand
Dich bitten. Er versprach mir's längst! —
        Und dann
Ist Deine Ehre wieder hergestellt!

Theroigne.

Nur meine Ehre?

Lucile.

   Auch die meine, Vater!

Theroigne.
Auch? Auch? — So hat er Dich noch nicht — be-
seſſen?
Lucile
(verhüllt ihr Antlitz).

Theroigne
(ſchreit auf und ſinkt in einen Stuhl. Nach einer Pauſe, ſich er-
hebend, mit fürchterlicher Ruhe):
Ich wußt's, doch hofft' ich noch! — Jetzt iſt's vorbei!
Die Brücke zwiſchen mir und Dir, ſie iſt
Nun abgebrochen, und nicht mehr Dein Vater
Steht jetzt vor Dir, es iſt Dein Richter! — Höre!
Ich habe Dich geliebt ſo grenzenlos,
Daß es mir manchmal faſt ein Frevel ſchien:
Du warſt mir Alles, alles And're nichts!
Du aber — Du — dem erſten Wüſtling, der
Dir ſchmeichelnd nahte, haſt Du Dich ergeben,
Ja, einem Wüſtling, — wiſſen ſollſt Du's ganz, —
Der Dich gekauft von Deiner eig'nen Amme!

Lucile.
O Vater! Vater!

Theroigne.
Still! — Der Dich mißbraucht,
So lang Dein Leib noch ſeine Sinne reizt,
Und dann Dich wegwirft, — wegwirft, — hörſt Du
mich? —
Doch diesmal hat er ſich verrechnet, denn
Ich bin noch hier, und D e i n e Schande will
Mit ſeinem Blut ich tilgen. — Dies iſt e i n s.
Du wirſt gerächt, deſſ' magſt Du ſicher ſein! —
Nun aber ſprechen wir von m e i n e r Ehre,
Die hat nicht er, Du haſt ſie preisgegeben,
Den Namen, den Du trägſt, ja, m e i n e n Namen
Haſt Du befleckt, geſchändet, leichte Dirne,
Und darob rechne ich mit D i r!

Lucile
(ſinkt weinend vor ihm auf die Knie).

Theroigne.

     Doch sag'!
Wie soll ich dies? — Du kniest vor mir und meinst
Wohl gar, ich solle Dir verzeih'n? Ich solle
Dich pflegen, während Dir vielleicht im Leib
Der Keim der Schande aufgeht und gedeiht?
Und diesen Bastard soll ich Enkel nennen,
Großvater mich von ihm dann schelten lassen?...
Ha! Oder willst Du, daß ich Deinem Leben
Ein Ende mache und als Kindesmörder
Auf das Schaffot dann steige?

Lucile.

    Vater! Vater!

Theroigne.

Nein, Weib, zu Einem und zum Andern bin
Ich mir zu gut. Ich will die Schmach nicht noch
Vermehren, die mich schon erdrückt; doch dies,
Dies will ich thun: verstoßen will ich Dich,
Fort sollst Du, fort aus meiner Nähe, und
Damit man mich nicht schnöder Milde zeihe,
Daß ich Dich nur verstoße und nicht mehr,
So nimm den Vaterfluch mit auf die Reise!
Ja, sei verflucht, und falls ein neues Wesen
In Deinem schamvergess'nen Schoße lebt,
So Fluch auch diesem! — —   (Stürzt ab.)

6. Scene.

Lucile.

(Allein. — Sie stürzt mit einem Schrei platt auf den Boden;
nach einer Pause richtet sie sich halb auf, und spricht:)

Verkauft, verrathen und verflucht!
          Mein Gott!
Das ist zu viel, das kann ein Mensch nicht tragen!
Mir starrt das Herz im Leib und die Gedanken,
Sie kreisen wirbelnd mir im Kopf herum! —
   (Sie blickt auf und schreit):
Doch wo, wo ist mein Vater? Franz! o Franz!

7. Scene.

Lucile. Franz (stürzt herein).

Lucile.

Wo ist mein Vater? Franz, o sag'!

Franz.

Er warf
In aller Hast sich auf ein Pferd und jagte —

Lucile.

Dem Schlosse zu? O Gott! — Schnell, zäume mir
Mein Roß, doch schnell, nur schnell!
(Franz ab.)
Er ist zu ihm!
Er wird ihn fordern und sie werden kämpfen!
Und er, der schwache Greis, wird unterliegen!
Nein, nein, das darf nicht sein, das kann nicht sein,
Der Bube darf den Vater mir nicht morden!
Das wär' das Letzte, und Du, Gott im Himmel,
Du kannst unmöglich solchen Frevel dulden!
(In wilder Hast ab.)

Verwandlung.

Paris. Kleiner Platz. Rückwärts die Thürme der Bastille.

8. Scene.

Jacques
(schleicht aus einem Hause rechts).

Ah! Jetzt wäre ich draußen! Mein alter Drache ist in die Rumpelkammer hinaufgestiegen, und diese Gelegenheit habe ich benützt, um zu echappiren. Hui! wird sich die ärgern, wenn sie 'runter kommt und findet mich nicht in der Werkstatt! ... Aber jetzt keine Zeit versäumt, alter Jacques! Santerre's Wirthshaus ist das Ziel meiner Flucht, und die durstige Kehle duldet keinen längern Aufschub. — Doch, was seh' ich! Dort kommen gute Freunde, Pierre und Paul, und hintennach eine Menge Bürger! Was ist denn da los?

9. Scene.

Jacques. Pierre und Paul, gefolgt von Bürgern, kommen von links.

Pierre.

(Hat ein Zeitungsblatt in der Hand und agirt heftig.) Ja, Bürger, das hat der brave Doctor Linguet geschrieben und hat's drucken lassen, auf daß es Jedermann lesen kann.

Jacques.

Wenn er eben lesen kann. So weit hab' ich's aber, Gott sei Dank, noch nicht gebracht; 's wär' aber auch schad' um die Zeit.

Pierre.

Ah! Du hier, dicker Gevatter Schmied? Und schon wieder auf guten Wegen?

Jacques.

Auf den besten, Freund Pierre! Zur „großen Pipe".

Pierre.

Zu Santerre? Da wollen wir auch hin. Wir müssen berathen, wie wir Linguet unsere Huldigung darbringen für sein tapferes Wort; denn das wollen wir thun. Nicht wahr, Bürger?

Alle Bürger.

Ja, ja! Zu Santerre! Linguet soll leben!

Jacques.

Was hat denn der kleine Doctor schon wieder losgelassen, daß Ihr so einen Lärm macht? Der Kerl stört uns doch immer aus unserer Ruhe auf! He!

Paul.

Red' nicht so dumm, alter Trichter!

Jacques.

Ich, ein Trichter! Gib Acht, daß ich Dir nicht was eintrichtere, Du Schwefelfaden, Hopfenstange, Häringsseele! Na wart', ich will …

Pierre.

Ruhe, Friede! — Hör' mich an, Jacques! Linguet hat wieder einen Artikel veröffentlicht, frei und kühn, worin er die Unfähigkeit der Regierung, die Schwäche des Königs, die Verschwendung des Hofes geißelt, die Noth, den Jammer des Volkes in grellen Farben schildert, und Vorschläge macht zur Besserung dieser Zustände. Verstehst Du?

Jacques.

Ah nun! Viel verstehe ich freilich nicht davon. Aber es scheint seine Richtigkeit zu haben. Besonders die Noth des Volkes! Ich — ich leide große Noth!

(Allgemeines Gelächter.)

Jacques.

Ihr lacht! Ungehobeltes Volk! Doch macht, was Ihr wollt! Ich geh' in's Wirthshaus! Was kümmert mich Euer Tintenkleger!

Paul.

Jourdan! Dort kommt Jourdan!

Pierre.

Der muß mit zu Sauterre! Er ist ein guter Freund des Doctors Linguet!

10. Scene.

Die Vorigen. Jourdan.

Jourdan.

(Stürzt von rechts auf die Bühne.) Ha! gut, daß ich so Viele da bei 'nander finde. Grüß' Dich, Pierre, Paul! Habt Ihr gelesen? Habt Ihr?

Pierre.

Soeben machte ich die Bürger mit Linguet's neuester Flugschrift bekannt.

Jourdan.

Ja? Nun, und Ihr seid einverstanden damit, Ihr, das Volk! Aber der Regierung gefällt das Ding gar nicht. Die Regierung verträgt die Wahrheit nicht. Und darum hat sie heute in aller Frühe Linguet verhaften lassen.

Pierre und Paul.

Wie? Verhaften?

Jourdan.

Und in die Bastille geschleppt! Ha! ha! ha!

Die Bürger.

(Aengstlich:) In die Bastille?

Jourdan.

Ja! Bürger! In jenem Thurm, deß Zinnen so unheimlich düster gegen Himmel ragen, dort sitzt im tiefsten Verließe jetzt Linguet, Euer Freund, der Mann, der gegen die herrschende Mißwirthschaft mit muthigem Worte ankämpft, und Freiheiten und Rechte fordert für das lange getretene, unterdrückte Volk. Und weil er dies thut, weil er die Stimme zu erheben wagt zu Eurem Besten, darum hat man ihn eingekerkert. Sagt, Bürger, werdet Ihr dies dulden?

Bürger.

Nimmermehr! Wir wollen ihn befrei'n.

Jourdan.

Befrei'n? Doch wie? Wollt Ihr gegen diese klafterdicken Mauern der Bastille im Sturme anrennen? Was nützt es Euch? Ihr werdet Euch dabei höchstens die Schädel zerschmettern! Und doch! Wir müssen ihn befrei'n! Von Instanz zu Instanz wollen wir gehen und seine Freilassung fordern. Er soll und darf nicht für uns leiden! Und gelingt uns dies nicht, so wollen wir ihn rächen!

Bürger.

Rache! Rache! (Tumult.)

11. Scene.
Die Vorigen. Pierre Theroigne.

Theroigne.
(Stürzt herein.) Rache! Rache! — So singt man auch hier das Lied, das Rachelied, dessen wilde Melodie mir jetzt schon viele Stunden in dem Ohre klingt? kennt man auch hier das Gefühl, welches mir das Blut in toller Hast durch die Adern hetzt? O, dann sind wir Freunde, sind wir Gesinnungsgenossen, und nicht vergebens werde ich bei Euch um Hilfe fleh'n!

Mehrere Bürger.
Seht! ein toller, alter Mann!

Theroigne.
Ja! Bürger! Alt wohl, aber nicht schwach, toll vielleicht, aber doch bei Vernunft! Leider, leider noch bei Vernunft!

Jourdan.
Was willst Du, Alter? Du siehst so sonderbar aus, wirr hängt Dir das weiße Haar um den Nacken und Deine Augen blicken stier. Ein bitter Leid, scheint mir, ist Dir widerfahren. Sprich! Vielleicht können wir Dir helfen.

Theroigne.
Ein bitter Leid? Wie? Nur ein bitter Leid? O Freund, das Herz im Leib ist mir zerbrochen! Und ich muß noch leben!

Jourdan.
Beklagenswerther Greis!

Theroigne (sich aufrichtend).
Ja, ja, ich muß noch leben, — denn ich muß mich rächen! Hört mich an! Ein adeliger frecher Bube hat mir meinen einz'gen Schatz geraubt, meine Tochter hat er in schnöder Lust verführt, und so den Dolch mir in das Herz gestoßen. Ich aber, ich habe das Kind verflucht, das seine und seines Vaters Ehre so wenig zu schätzen wußte, hab' sie verflucht, und wollte nun mich an dem

Buben rächen. In rasender Eile ritt ich auf sein Schloß, um ihm diesen Degen durch den Leib zu rennen, doch — ich fand das Nest leer! „Der Herr Graf ist in Paris!" riefen mir die Bedienten zu, und kehrten mir lachend den Rücken. In Paris? dacht' ich! Gut! Auch in Paris werd' ich ihn finden. Doch ich bedachte nicht, daß Paris kein Dorf ist, und so such' ich nun herum wohl schon drei Stunden, und find' ihn nicht, find' ihn nicht!

Jourdan (zum Volk).

Da seht Ihr wieder ein Opfer von des Adels Uebermuth! Ein wehrloses Opfer! Denn was kann der Mann thun? Den Verführer seiner Tochter, den Zerstörer seines Lebensglückes bei Gericht verklagen? Das wäre! Einen Grafen anklagen! Das hieße ja so viel, als um eine Zelle in der Bastille ansuchen, denn daß dem Manne sein Recht würde, wer von Euch glaubt es? Und so häuft diese Kaste Frevel auf Frevel und das Volk muß Alles ertragen. Doch das soll ein Ende nehmen. Wir sind die Mehrzahl, Bürger, und wenn wir uns einig und muthig erheben, so ist auch der Sieg unser! — Und auch Dir, alter Mann, wird zu helfen sein. Wie heißt Dein galanter Graf?

Theroigne.

Ha, vielleicht kennst Du ihn. O dann zeige mir nur den Weg zu ihm — ich verlange sonst nichts von Dir: alles Andere will ich allein besorgen! Es ist Graf Suleau!

Jacques.

Ahi! Der Graf Suleau! Ein feiner, schöner Herr! Der kann einer Dirne schon gefährlich werden. Ich habe mit seinem Stallknecht oft bei einem Gläschen zusammen gesessen, — und der hat mir Geschichten erzählt, Geschichten.... Ahi!

Jourdan.

Komm' nur, unglücklicher alter Mann, ich will Dich führen bis vor seine Thür. Dann aber laß es Dir gerathen sein und fasse Deinen Degen fest und sicher, daß Dir der Bube nicht gar selbst den Garaus macht.

Theroigne.

Das soll er nicht, beim allgerechten Gott! Komm', führe mich!

Jourdan.

(Im Abgehen:) Ihr Andern aber geht voran in's Bräuhaus zu Santerre, ich folg' Euch gleich! Denkt an Linguet, an seinen Muth, an seine Leiden, und vergesset nicht, was Ihr ihm schuldig seid!

(Ab mit Theroigne.)

Bewegung unter den Bürgern.

12. Scene.

Die Vorigen ohne Jourdan und Theroigne.

Jacques.

Ahi! jetzt ist das Schiff endlich flott! Voran denn in's Wirthshaus, es ruft die Pflicht, man darf nicht zögern! Folgt mir! Ich führe Euch!

Der Vorhang fällt.

Zweiter Act.

Paris. Elegantes Zimmer bei Suleau, im Style der Regentschaft. In der Mitte des Zimmers ein Tisch mit Wein und Speisen bedeckt. Rechts ein Alkoven mit Vorhängen. Im Fond und links Thüren.

1. Scene.

Um den Tisch sitzen: Graf Suleau, Graf Vermont, Marquis de Longueville, Abbé Sanscoeur. Im Hintergrunde Bediente.

Abbé Sanscoeur.

Sie haben uns in der That eine große Ueberraschung, eine große Freude bereitet, lieber Graf, indem Sie sich in Paris zeigen. Jetzt soll's wieder einmal lustig werden, denn Sie verstehen es, kleine Gesellschaften, petits diners und petits soupers zu arrangiren, wie niemand Anderer! Doch, was seh' ich! Sie sind ganz traurig, ganz versunken!

Marquis de Longueville.

Wahrhaftig! Aus dem tollen Lebemann ist ein Träumer geworden. Fehlt Ihnen etwas, lieber Freund?

Suleau (seufzt).

Vermont.

Laßt ihn gehen, meine Herren, dem ist nicht zu helfen! Er ist verliebt, verliebt bis über die Ohren. Ich hoffte, daß das lebhafte Treiben in Paris ihn wieder zu sich bringt, und deshalb bewog ich ihn, mit mir hieher zu kommen von seinem langweiligen Schlosse, doch es ist vergebens. Kein Wein und keine Gesellschaft hat mehr Einfluß auf ihn: er starrt vor sich hin und seufzt und — denkt an sie! an sie!.... Wahrhaftig, er hat alle Anlage zu werden wie Castelnaux, der Narr der Königin!

Suleau.

Was schwatzest Du da für Unsinn? Ich — und Castelnaux, der platonische Schwärmer! Meine Herren, Sie sehen wohl, er verleumdet mich!

Sanscoeur.

Von platonischen Anlagen habe ich in der That noch nichts bei Ihnen bemerkt. Aber, wenn man Sie so ansieht, möchte man's fast glauben.

Suleau.

Nichts da! Es ist wahr, ich habe eine kleine Liaison mit einer reizenden Brünette auf dem Lande. Aber das hat alles reellen Boden und — gar so groß ist meine Sehnsucht nach ihr auch nicht, wenn ich auch gestehen muß, daß ich lieber bei ihr bin, als in diesem fatalen Paris. Was ist das für ein Leben hier! Man hört ja gar nichts mehr als dieses ewige politische Gezänke. Ich bin kaum vierundzwanzig Stunden da, und schon droht mir mein Kopf von alledem zu bersten.

Sanscoeur.

Nicht wahr? Nicht wahr? Man geht gar nicht mehr sicher über die Straße. Da ein Zusammenlauf, dort eine Versammlung, — hier schreit das unzufriedene Volk um politische Rechte, dort beklagt sich eine adelige Clique über die Anmaßung des Volkes. Selbst unsere Frauen mischen sich hinein, lesen Flugblätter und Zeitungen, und anstatt unsere Galanterien anzuhören, fragen Sie um das neue Ministerium, um die Beschlüsse der Kammer, um die Stimmung des Königs. Es ist zum Verzweifeln!

Longueville.

Und für Sie hat das Alles natürlich kein Interesse. Sie kümmern sich wohl um die neuesten Moden, nicht aber um die wichtigen Tagesereignisse, nicht um den eben zum Ausbruch kommenden Kampf zwischen Volk und Adel!

Vermont.

Was sprechen Sie da von Kampf! Das ist ja lächerlich! Sie werden mich doch nicht glauben machen wollen, daß diese Schreierei der Volkspartei irgend eine Bedeutung hat? Sperrt die paar Haupthähne ein, wie es heute mit dem Advocaten Linguet geschehen ist, und Alles ist in der Ordnung.

Sanscoeur.

Das wäre! das wäre wirklich gut! Ich liebe die Ordnung so sehr!

Longueville.

Von der wir noch lange entfernt sind! Ja, Graf Vermont, Sie beurtheilen die jetzige Situation ganz falsch und leider auch der größte Theil unseres Adels. Sie sehen nicht, sie wollen das drohende Gewitter nicht sehen, welches am Horizonte heranzieht! Sie übersehen die große Aufregung der Geister, in welche das französische Volk durch die Schriften der Encyclopädisten versetzt ward, Sie überhören oder mißachten die Stimmen eines Rousseau, Diderot, d'Alembert, Voltaire, Sie täuschen sich über die Unfähigkeit der Regierung, über die immense Schuldenlast, über die Noth des Volkes! Sie leben in den Tag hinein, Sie schlemmen fort, während das unterminirte, erschütterte Gebäude Ihrer Macht in seinen Fugen kracht! Aber, meine Herren, die Gefahr, die Sie vollkommen ignoriren möchten, diese Gefahr tritt uns bereits auf die Fersen!

Sanscoeur.

(Sinkt in seinen Stuhl.) Ich zi — zi — zittere! Der Herr Marquis hat mich so erschreckt! Welche Pe — Pe — Perspective bietet sich uns da!

Suleau.

(Springt ungeduldig auf.) Und so wären sie denn wieder mitten d'rinn, meine Herren. Ich aber bin ein ganz unpolitischer Kopf, eine mehr lyrische Natur, — und da werden Sie es wohl begreiflich und verzeihlich finden, wenn ich mich vom Schauplatze ihrer Dispute entferne. Ja, meine Freunde, ich bleibe nicht hier, ich gehe wieder auf mein einsames Schloß, und wer mich dort besuchen will, er soll mir willkommen sein, aber ohne Politik, um Gotteswillen, ohne Politik.

(Die Herren erheben sich.)

Vermont.

Hübsche Frauen aber dürfen Sie mitbringen; dafür ist Suleau stets dankbar!

Sanscoeur.

Ich werde, ich werde! Ich habe jetzt ein paar Connaissancen — süperb, unbezahlbar! Nun aber muß ich mich empfehlen. Frauendienst geht vor Herrendienst. (Suleau umarmend:) Leben Sie glücklich, mein theuerster Freund!

Longueville.

Und mich ruft die Pflicht in unseren Club! Adieu, auf Wiedersehen, meine Herren!

Suleau.

Auf baldiges Wiedersehen!

(Longueville und Sanscoeur ab.)

2. Scene.

Suleau. Vermont.

(Die Diener entfernen den Tisch und gehen dann ab.)

Suleau.

Gott sei Dank, daß diese unerträglichen Menschen endlich fort sind! Der Eine unerträglich durch sein süßliches Geschwätz, der Andere durch sein Politisiren.

Vermont.

Und Du durch Dein Lamentiren! — Doch, Scherz bei Seite, gedenkst Du wirklich wieder nach Marcourt zu gehen?

Suleau.

Gewiß, gewiß, was sollte ich denn auch hier? Hier ist wahrlich Nichts, was mich fesselt, aber dort —

Vermont.

Ja, dort ist Lucile. Wir wissen das. Aber sage mir, Mensch, liebst Du denn dieses Mädchen wirklich? Für-

wahr, sie muß etwas ganz Apartes haben, weil sie Dich,
deff' Sinnen man stets Neues bieten muß, so lange zu
fesseln vermag!

Suleau.
Und wär's für immer, wundern sollt's mich nicht!
Dies Weib ist so beschaffen, daß man nur
Stets gierer wird, stets durstiger, je mehr
Man sie genießt! Sie hat ein Feuer, das
Verzehrend sich mir mittheilt wie ein Gift,
Und meine Gluten bis zum Wahnsinn steigert!..
Doch fragst Du mich, ob ich sie liebe! — Nein,
Ich lieb' sie nicht, nur meine Sinne sind
In wildem Aufruhr, seit ich sie geseh'n! —
Doch könnt' ich lieben, lieben würd' ich sie!

Vermont.
Schön ist sie auch! Das muß ich selbst gesteh'n! —
Ja, dann begreif' ich wohl, daß es Dich hier
Nicht länger leidet, — und ich strebte nur
Vergebens, Dich zu halten! Doch hast Du
Auch schon daran gedacht, wie sich das Ding
Gestaltet, wenn ihr Vater eines Tags —

Suleau.
Das wäre schlimm! — Doch — wer soll uns verrathen?

Vermont.
Dergleichen bleibt niemals geheim! — Und was
Ich so erfahren konnte, hält der Alte
Gar viel auf seine Ehre, dürfte sich
Demnach mit Gold nicht zähmen lassen! Und
Das Kind zur Gräfin machen —

Suleau.
— Geht nicht an!
Doch denk ich, er wird so vernünftig sein . . . .
Wozu auch machst Du mir die Stirne kraus
Mit Deinen Möglichkeiten, Freund? Ich lieb'
Es nicht, der Zukunft zu gedenken. Sieh'!
Mir gilt der Tag, den ich just lebe, Alles,
Um's And're kümm're ich mich nicht! —

3. Scene.

Die Vorigen. Thomas (tritt auf).

Suleau.
Was ist?

Thomas.
Soeben sprengte ein beritt'ner Bote
Mit diesem Briefe in den Hof. Er ist
Vom Schloß bei Marcourt hergesandt.

Suleau.
Gib schnell!
Was ist geschehen? (Erbricht den Brief.) Teufel! — Das
ist schlimm!
(Zu Thomas:) Schon gut! Schon gut!
(Thomas ab.)

4. Scene.

Suleau. Vermont.

Vermont.
Was ist so schlimm?

Suleau.
Der Alte
Hat Wind bekommen, wie es scheint, ja, ja, —
Da steht's, er weiß von meiner Liebelei
Mit seiner Tochter, — und weil er mich nicht
Zu Hause fand, so sucht er mich wohl hier!

Vermont.
Und wird Dich finden! Sagt' ich's nicht voraus!

Suleau.
Was aber soll ich thun?

Vermont.
Das ist nicht schwer!
Er kommt wohl mit dem Schwert, nicht mit der Palme!
Das Beste also ist, Du meidest ihn!

Suleau.
Wie? Ich soll flieh'n?

Vermont.

Wenn Du's so nennst, — ja wohl!
Für's Erste wenigstens, bis seine Wuth
Ein wenig sich gelegt hat, denn nachdem
Das Mädchen seiner Ehre man beraubt,
Wird man die einz'ge Stütze ihr, den Vater,
Doch nicht auch tödten wollen? Nein, mein Freund,
So schlecht sind wir noch nicht!

Suleau.

Wer denkt daran!
Ja, ich muß fort — sogleich! ... Hörst Du den Lärm?
Was soll das sein?

Die Stimme des Theroigne.

Ihr Schurken, hütet Euch
Und geht mir aus dem Weg, denn ich bin toll!

Vermont.

Der Alte!

Suleau.

Himmel! Fort von hier!

Vermont.

Zu spät!

5. Scene.

Suleau. Vermont. Theroigne.

Theroigne.
(Einen Degen in der Faust, bleibt in der Thüre stehen.)

Vermont.

Hui! Das wird schön! Der schäumt vor Wuth!

Theroigne.

Wer von
Euch Beiden ist der Bube? Sprecht!

Vermont.

Ei! Wenn
Ihr Buben sucht, dann geht in's Dorf zurück!
Hier gibt's nur Grafen!

Theroigne.
                        Grafen? Grafen nur?
Und dennoch Buben! — Doch Du bist es nicht,
Den ich hier suche, denn Du wagst zu sprechen,
Der aber dort, der Bleiche, Stumme ist's!
Ja, ja! Jetzt zittert er, und schwer wie Blei
Ist seine Zunge ihm, die lügenkund'ge,
Verrätherische! Als es aber galt,
Mein Kind zu locken, ach! mein einzig' Kind,
Da war sie leicht, geschmeidig und gewandt!
Allein das gilt jetzt nicht! Ich will sie Dir
Schon lösen, Schurk', und sollte ich Dir auch
Mit meinem Degen in den Rachen fahren! —
Du hast die Tochter mir verführt! Ist's so?

Fermont.
Wozu der Lärm? Beruhigt Euch doch, Alter!

Theroigne.
Du schweig'! Mit Dir hab' ich jetzt nichts zu schaffen!
Du aber zieh', sonst renne ich das Schwert
Dir in die eklen Eingeweide. — Zieh'!

Suleau.
Mit Bauern schlage ich mich nicht!

Theroigne.
                        Ei! Ei!
Wie sich der Bube bläht! Mit Bauern nicht!
Doch eines Bauern Dirne war Dir gut
Genug zum — Lieben? — Nun, so sag' ich Dir,
Du bist ein feiger Hund!

Suleau.
(Reißt den Degen aus der Scheide.) Das ist zu viel!

Fermont.
Ja! 's ist ein Bischen stark!

Theroigne.
(Auf Suleau eindringend.) Ist's Dir zu viel?
Nun denn, dann zeige, was Du kannst, Kanaille,
Und merke, wie Dein Bauer ficht! — Parir'!
(Sie fechten. — Suleau wehrt ab und retirirt.)

Vortrefflich! Machst es wirklich gut, mein Knabe!
Nur retiriren sollst Du nicht so viel!
Du kommst noch an die Wand! — Der sitzt! Noch nicht?
Der aber doch gewiß?
Suleau.
(Fällt aus und sticht Pierre nieder.)
Wenn Du's schon willst!
Ich hab' es nicht gewollt!
Theroigne.
(Stürzt.) O weh! Getroffen!
Vermont.
Da hast Du's jetzt! Ich dacht' es mir sogleich!
So geht es stets, wenn Graf und Bauer fechten!
Theroigne.
An diesem Bauer sollst Du noch ersticken!
Elender Schurke, Du! ....
Vermont.
Schau, Alter, schmäh' nicht! Jetzt hat's keinen Zweck!
Empfiehl' Dich Deinem Herrgott, und dann geh'! —
Theroigne.
Ja, geh'n! Ich fühl's, ich muß! Es geht zu Ende!
Doch nein! Ich darf nicht! Hab' ich doch Lucile
Versprochen, daß ich diesen Buben tödte,
Der sie geschändet, — und hab' sie verflucht!
Mein Kind, mein Kind verflucht! O Gott, Du hast
Es nicht gehört, es nicht gewollt! Denn sonst
Hätt' ich auch Den getödtet, nicht er mich!
Ich nehm's zurück, Lucile, ich nehm's zurück! (Stirbt.)
Suleau.
Ich Unglücksmensch! Was habe ich gethan!
Vermont.
Der Mann ist todt! Das läßt sich nicht mehr ändern!
Und darum, denk' ich, wird's das Beste sein,
Du läßt die Dinge eben, wie sie sind,
Und machst 'ne kleine Reise —

Suleau.
                    Nimmermehr!
Soll ich Verbrechen auf Verbrechen häufen,
Das Mädchen jetzt verlassen, wo ich ihr
Das Theuerste geraubt?
               Vermont.
                    Verlassen? Hm!
Das Wort ist nicht am Platz! Wie? oder liebt
Lucile Dich gar so glühend, daß sie Dir
Auch jetzt noch hold, — dem Mörder ihres Vaters?
               Suleau.
Um Gotteswillen, nenne mich nicht so!
               Vermont.
Ich nicht, doch sie?....
               Suleau.
                    O nur zu wahr! Zu wahr!
Wie unerbittlich Deine Logik ist!
Jetzt muß ich fort von ihr, wo doch mein Herz
Nur enger an der Unglücklichen hängt!
Ich muß den Schein der Feigheit, des Verraths
Zu dieser schlimmen That noch fügen, denn
Nicht vor die Augen darf ich ihr jetzt treten!
Sie würde schaudern vor der Hand, die einst
So wonnig ihr liebkos't und jetzt ihn traf!
Sie würde mich, sich selbst verfluchen, oh!
Und ich vermöchte nimmer sie zu trösten!
Nicht denken mag ich d'ran, daß dies gescheh'n,
Schon der Gedanke macht mich rasend!
               Vermont.
                    Und
Darum mußt Du ein wenig Dich zerstreu'n!
Italien bietet viel in diesem Punkte.
Auch rath' ich Dir, noch diese Stunde fort
Von hier zu gehen, denn ich möchte wetten,
Das Mädchen ist schon auf dem Weg zu Dir!
               Suleau.
Du glaubst? O Gott! Sie darf mich hier nicht treffen!
Das wäre schrecklich! — Thomas!

6. Scene.

Die Vorigen. Thomas.

Thomas.

(Tritt ein.) Zu Befehl!

Suleau.

Den Wagen vor! Wir reisen alsogleich!

(Thomas ab.)

7. Scene.

Die Vorigen, ohne Thomas.

Suleau.
(Auf den Todten weisend:)
Und dieses ordnest Du! Er fiel im Zweikampf! —

Vermont.
Ich kann's beschwören!

Suleau.
Und Lucile! Mein Freund!
Ich bitte Dich, besänft'ge sie, sag' ihr,
Daß meine That nur Nothwehr war, daß ich
Nicht anders konnte — trockne ihre Thränen!
Ich bitte Dich!

Vermont.
Das will ich gerne thun!
Ich mache ihr des Alten Tod plausibel,
Und ist sie ruhig erst, — nun dann —

Suleau.
(Heftig:) Was dann?

Vermont.
Der Teufel! Eifersüchtig bist Du auch?
Verlässest sie und gönnst sie keinem Andern?
Das sieht ja wirklich ganz wie — Liebe aus!
Doch nein! Sei ruhig! Soll ihr nichts gescheh'n!

Suleau.
Ich weiß es wohl! Du bist mein bester Freund!
Und nun leb' wohl!

Vermont.
(Parodirend die Arme ausbreitend:)
Leb wohl!

Suleau.
Und tröste sie! (Ab.)

8. Scene.

Vermont. Pierre's Leiche.

Vermont.
(Suleau nachblickend:)
Es fehlte just noch, daß der Junge weint!
Da sind wir anders! Nicht wahr, alter Löwe? —
Hast Dich ganz brav gehalten, nur die Zähne
Sind nichts mehr nutz, und Brüllen ist Dein Alles. —
Doch schau! der Arme liegt so hart! — Herein
Mit Euch, Ihr Lung'rer! Charles! Jacques!

9. Scene.

Vermont. Zwei Diener (treten auf).

Vermont.
Nehmt mir
Den todten Mann da auf und legt ihn hübsch
Auf's weiche Sofa dort! — Er spürt zwar nichts,
Doch ich — ich bin nervös, — die Knochen thun
Mir weh, wenn Einen ich so ungepolstert
Auf blanker Diele liegen seh'! —
(Die Diener legen die Leiche Theroigne's in den Alkoven.)

Vermont.
So recht!
Jetzt trollt Euch wieder!
(Die Diener ab.)

10. Scene.

Vermont. Pierre's Leiche.

Vermont.
  Gelt, mein stiller Freund,
Da liegt sich's weich? Und mir ist wieder wohl!
Das aber ist das Erste!
  (Er tritt ans Fenster.)
  Doch — wer sprengt
So wild da in den Schloßhof? Sieh'! ein Mädchen,
Ein Mädchen ohne Hut, das Antlitz bleich,
Die Haare aufgelöst, vom Wind zerzaust,
Und wirr der Blick! — Mich dünkt, das ist Lucile! —
Sie reißt das Roß zurück und will herab, —
Im Bügel bleibt der Fuß ihr hängen, — weh!
Sie stürzt . . . . .
Jetzt steht sie wieder auf den Füßen, drängt
Und stößt die Diener von sich, blickt umher,
Und nun schnurstracks herauf zu mir! — Vermont!
Vermont! jetzt gilt's! Dir droht ein großer Sturm.
Halt fest — und halt sie fest, wenn's geht.

Lucile's Stimme.
  Laßt mich!
Laßt mich!
  Vermont.
  Die Esel stellen sich ihr gar
Noch in den Weg! Ich aber trete klug
Vorerst bei Seite!
  (Er tritt rechts in eine Nische.)

11. Scene.

Vermont. Lucile.

Lucile.
(Stürzt herein.) Wo, wo ist mein Vater?!
(Sie blickt wirr um sich, dann schreit sie auf und stürzt sich zum
  Alkoven links, wo Pierre's Leiche liegt.)
Todt! Todt! Todt!
(Einige Sekunden bleibt sie regungslos über der Leiche liegen,
  dann schnellt sie wild empor und bricht los:)

Nein, nein, so trag' ich's nicht, so t r a g' ich's nicht!
Mir sprengt's die Brust, den Kopf bricht es entzwei!
D'rum will ich schreien, schreien, bis das Haus
In seinen Festen bebt, die Wände bersten,
Und über mir das Dach zusammenstürzt!
Ja, schreien, bis es Gott im Himmel hört,
Der gottverfluchte Gott, der mich verrathen,
Und zittern soll trotz seiner Allmacht er
Vor dem Geschrei der eig'nen Kreatur,
Die er zur Raserei gebracht! — Und diesen,
Den Todten da, der mich verflucht, verflucht. —
(Sie bricht in ein wildes Gelächter aus.)
Den will ich wecken aus dem ew'gen Schlaf,
Daß er zurücknimmt seinen Fluch! – Ich zerre,
Ich rüttle ihn, und kreische ihm in's Ohr,
Daß ich's bin, ich, sein Kind! — O Vater! Vater!
Er muß mich hören! O! er muß! er muß!
(Im höchsten Schmerz zusammenbrechend:)
O Vater! Vater!....

Vermont.

(Nach einer Pause:) Welch' gewalt'ges Weib!

Lucile.

Wer sprach hier? Wer?

(Sie schaut sich bei diesen Worten um, und erblickt Vermont, der
etwas vortritt — sie geht auf ihn los.)

Lucile.

Ihr seid ein Schurke wohl?

Vermont.

(Trocken:) Ihr meint?

Lucile.

Ich meine, ja! — weil ich Euch hier
In diesem Hause treffe, und fürwahr,
In diesem Hause hausen Schurken nur!
Doch bleibt sich's gleich! Wenn Ihr nur sprechen könnt! —
Wo ist Sulean? Wo ist der Bube, der
Den Vater mir erschlug? Er that es doch?

Vermont.
Im Zweikampf traf er ihn.
Lucile.
Im Zweikampf? So?
Und wagt' es, wagte es, mit ihm zu kämpfen?
Und wagt' es, ihn zu tödten? Und der Blitz
Schlug nicht gleich in das Haus? — Allein, wo ist er?
Vermont.
Der Graf ist fort!
Lucile.
Ist fort? Wohin? O sag's
Nur gleich heraus. denn finden werd' ich ihn!
Ich werd' ihn finden, müßt' ich auch darob
In wilder Jagd bis an das End' der Welt
Mit nackten Füßen laufen! Nun? Wohin?
Vermont.
(Bei Seite:) Die Wahrheit sag' ich nicht der tollen Dirne,
Sie wär' im Stand, und liefe ihm noch nach.
(Laut:) Er ist verreist — und — London ist sein Ziel!
Lucile.
Der Bube ist verreist! . . . . .
O seht Ihr, daß ich erst die Wahrheit sagte,
Als ich 'nen Schurken Euch genannt, denn traun!
Ihr lügt: er ist entfloh'n!
            (Wild lachend:) Entfloh'n vor mir,
Vor einem Weib! die feige Kreatur!
Entfloh'n, weil er sich vor mir fürchtet! O!
Das hat er brav gemacht! Das fehlte noch!
Das war die Krone für sein Bubenstück! —
Doch Du entgehst mir nicht! Ich muß das Herz
Dir aus dem Leibe reißen, und es dann
Zerfleischen, wie Du mein's, wie Du das Herz
Des Vaters mir zerfleischt! — Ja, Vater, sieh'
Und höre mich! Die Lieb' in mir, sie ist
Ein ausgeronnen' Aug', des Lichtes bar,
Und was in dieser Brust noch siedet, schäumt
Und zischt, was mich am Leben noch erhält,

Mich denken lehrt und mich zum Handeln treibt, —
Es ist der Haß, der Durst nach Rache nur!
Und hier in Deine blut'ge Wunde, Vater,
Tauch' ich die Finger meiner Rechten, heb'
Die Purpur'nen zum Himmel auf, und schwöre
Bei Deiner grenzenlosen Liebe, die
Ich nicht verdient, bei meiner Schande schwör' ich,
Der unauslöschlichen, zu rächen Beides:
Den Mord an Dir — den Mord an meiner Seele! —
 (Ohne umzuschauen, schreitet sie zur Thür.)
Fermont (steht verblüfft).

Der Vorhang fällt.

Dritter Act.

Paris. Einfaches Zimmer. Im Fond eine Thür. Rechts ein Fenster.

1. Scene.

Lucile (in Trauerkleidern) und Jourdan (treten auf).

Lucile.

Wie dank' ich Gott, daß er mich in der Angst
Und Qual der letzten fürchterlichen Tage
Dich finden ließ! — Wie hätt' ich's wohl getragen,
Wenn Du mich nicht so väterlich gestützt
In all' dem Drangsal, das mich fast erdrückte?
Du warst so gut, so mild, so voll Geduld, —
Und ewig bleib' ich Deine Schuldnerin!

Jourdan.

Sprich nicht davon! Ich that nur, was ich mußte!
War ich's nicht, der den armen, alten Mann
Beim letzten Gang geleitet? — Und da ich
Vom Untergange ihn nicht retten konnte,
War's da nicht meine Pflicht, zum mindesten
Dir, seinem Kind, die Freundeshand zu bieten,
Dir Hilfe, Trost zu spenden, wo es ging? —
O wär' er nur nicht gar so wild gewesen,
Ganz anders hätt' es kommen müssen!

Lucile.
                              Ja!
So wild, so schrecklich wild! Mit einem Fluch
Hat er sich von mir losgesagt, und fort,
Fort stürzte er, und ach! ich sollte ihn
Nicht lebend wiederseh'n! Wie fürchterlich!

Jourdan.
Sei ruhig, Kind, er hat Dir längst verzieh'n,
In's Jenseits nimmt kein Vater seinen Fluch! —
Und daß er todt ist, nun, das mußt Du tragen
Gefaßt und still: Begraben ist begraben,
Und Thränen, Klagen, ungestümes Jammern
Ersetzen nicht den schmerzlichsten Verlust,
Sie sind ein Zeichen nur von schwachem Geist.
Doch wer in's Unabänderliche sich
Mit Demuth und mit Stolz zu fügen weiß,
Deff' Herz bewohnet Kraft und starker Wille,
Zu Großem ist ein solcher Mensch berufen!

Lucile.
Mißgönnst Du mir der Thränen milden Trost,
Die an des Vaters Grabe ich geweint?
O! Glaube mir, die Thränen mußten fließen,
Zu lindern unerträglich wildes Weh'!
Jetzt aber bin ich ruhig!

Jourdan.
    Das ist brav!

Lucile.
So ruhig, Freund, so furchtbar ruhig, daß
Ich kaum das Herz im Busen schlagen fühle.
Auch lehn' ich mich nicht auf gen mein Geschick,
Doch werd' ich es vollenden, glaube mir!

Jourdan.
Was willst Du thun?

Lucile.
    Mein Erbe rasch verkaufen,
Und über's Meer dann ohne Rast und Ruh',
Bis ich in London bin, bis ich ihn finde,
Den meineidigen Buben, — o! den Mörder!

Jourdan.
Nach London, sagst Du?

Lucile.
    Ja, dort floh er hin,
Und nimmer soll er Frankreich wiederseh'n!

Jourdan.

Entweder ist Dein Sinn verwirret, oder
Man hat Dich schlecht berathen, armes Kind!
Ich mindestens weiß sicher, daß Suleau
Sich nach Italien begeben hat.

Lucile.

Italien? Du sagst: Italien? Wie?
So wurde ich belogen? O! abscheulich!
Allein was thut's? So geh' ich nach Italien!

Jourdan.

Das wäre Raserei! Wie willst, wie kannst
In jenem Lande Du ihn finden, Mädchen?
Bedenke nur! An Städten ist's so reich
Wie wen'ge nur, und da Dir nicht bekannt,
Ob Florenz er, ob Pisa oder Rom,
Neapel oder einen kleinen Ort
Zum Ziele sich gewählt, — und außerdem
Der Sprache Du nicht mächtig bist, so wird,
Falls nicht ein Zufall Dir zu Hilfe kommt,
Dein Suchen wohl ein ganz vergeb'nes sein.

Lucile.

Vergebens? Nein, vergebens darf's nicht sein!
Sag's nicht noch einmal, denn fürwahr, ich muß
Mich rächen! O wozu denn lebt' ich sonst?

Jourdan.

Das sollst Du auch! — Und was ich nur vermag,
Behilflich Dir zu sein, es soll gescheh'n.
Und eben darum halte ich Dich jetzt,
Wo Wuth und Wehe Dich verblendet, ab
Von einem Schritt, der nicht zum Ziele führt.
Ihm jetzt zu folgen, wäre Tollheit nur, —
Du mußt ihn hier erwarten!

Lucile.

        Wie? Du glaubst,
Daß er aus freiem Antrieb wiederkehrt?

Jourdan.

Warum nur glauben? Liegt's doch klar zu Tag!
Was, meinst Du, war der Grund von seiner Flucht?

Doch nur die Furcht vor einer Scene, die
Dergleichen Herrchen wohl heraufbeschwören,
Doch denen gern sie aus dem Wege geh'n!

Lucile.

Ja! eine Scene wär's, daß selbst die Hölle
Dagegen sich ein Paradies bedünkte!

Jourdan.

Das eben ist's, was ihm nicht ganz behagt,
D'rum ging er vorderhand. Ein Weilchen läßt
Er so verstreichen, bis nach seiner Meinung
Die Wildheit Deines Zornes sich gelegt,
Dein aufgeregt Gehirnchen ruhig denkt, —
Und hat er bis dahin nichts Neu's gefunden,
Das ihm besonders zusagt, kommt er wohl
Zu Dir, fleht um Verzeihung und —

Lucile.

Verzeihung!
Das Wort vergaß ich und versteh's nicht mehr!

Jourdan.

D'ran thust Du wohl! Ich sagt' es auch nur so —
Doch, daß er wiederkommt, siehst Du jetzt ein?
Hat er doch hier auch seine Freunde, all'
Sein liegend' Hab —

Lucile.

Ja, Du hast Recht, und wahrlich!
Er wird mir nimmermehr entwischen! Doch
Bis dahin soll ich ruhig, thatlos sein?
Die Händ' im Schoß soll ich der Stunde harren,
Die mir ihn bringt? — Nein! das vermag ich nicht!

Jourdan.

Erst höre mich zu Ende! Großes ist
Im Werden, von dem Druck der Adelsherrschaft
Will sich das Volk befrei'n. Wie Du und ich
Hat Jeder Grund zur Klage und zur Rache,
Und wie ein Mann steh'n wir jetzt Alle auf, —
Es soll ein Kampf bis zur Vernichtung werden!

Lucile.
Sie wollten wirklich Alle, Alle? O!
Das wäre herrlich, göttlich! Vor mir thut
Ein ganzer Himmel sich urplötzlich auf,
Ein Rachehimmel, und Dein wildes Wort
Es ruft mich mit Posaunenton! — Sprich fort!

Jourdan.
Wie diese Kunde Dich belebt, entflammt!
Ja! tapf'res, unglückfel'ges Weib, auch Dir
Ist eine große Rolle zugetheilt
In diesem Kriege! denn es lodert Haß
In Deinem Herzen wie in wen'gen nur,
Dein Geist ist stark, und zündend Deine Rede.
Stell' Dich mit mir an dieser Heerschaar Spitze,
Wirf ihnen Flammen zu aus Deiner Brust!
Die Männer werden Dir begeistert folgen,
Und Amazonen machst Du aus den Weibern.
Das ganze Volk wird jubelnd Dich umringen,
Und Deinem Wink wird es gehorsam sein!
Es kennet ja Dein Los, das fürchterliche,
Es kennt Dein Recht des Hasses und der Rache,
D'rum führe es! mit mir führ' es zum Siege!

Lucile.
Jourdan! Jourdan! Das spricht ein Gott aus Dir!
Und dieser Stimme folge ich! Es sei!
Nicht will ich gegen das Geschick mich bäumen,
Und nehmen als Ersatz, was es mir bietet!
Kann ich mich an dem Einzigen nicht rächen,
So wasch' ich in dem Blut der ganzen Kaste
Den Frevel ab, den er mir angethan,
Denn Gleiches haben Alle sie verschuldet! —
Du sagst, von ihnen ward das ganze Volk
Getreten, so wie ich von ihm: und so
Wie ich mich nun empöre, rachedurstig,
So steht das ganze große Volk jetzt auf,
Das Joch zu schütteln von dem Riesennacken,
Und all' die tausend Frevel zu vergelten,
Die es erduldet, wehrlos wie ich selbst!
Wohlan! Mit ihm verein' ich nun mein Los,
Mit ihm stürz' ich mich in den blut'gen Kampf,

Und siegen, siegen werde ich mit ihm!
Und wenn es wankt, wenn es den Muth verliert,
Stell' ich mich ihm voran und stachle es
Mit meinem Haß, der unbesiegbar ist,
Zu neuem Kampf, zu neuem Wüthen an,
Und folgen sollen sie mit wildem Droh'n
Der Furie der Revolution!

(Der Zwischenvorhang fällt.)

Verwandlung.

Paris. Santerre's Brauhaus „zur großen Pipe". Vor dem Hause eine Anzahl Tische und Stühle. Im Vordergrund ein Baum mit einer Bank.

2. Scene.

Jacques, Pierre, Paul (kommen von rechts).

Jacques.

Ahi! Wenn ich dieses Schild da sehe „zur großen Pipe", da geht mir immer das Herz auf. 's ist aber auch ein vielversprechendes Wort dieses „zur großen Pipe," und es hält, was es verspricht.

Paul.

Ja, das will ich meinen! Hier gibt's immer volle Kannen!

Jacques.

Und das Bier ist was gut! Mir lauft das Wasser im Munde zusammen, wenn ich nur daran denke

(Sie setzen sich um einen Tisch.)

Jacques.

Kellnerin! Heda! Bier! Viel Bier!

Pierre.

Der Kerl brüllt, daß Einem das Trommelfell zittert! — Hör' mal, Gevatter Schmied, Du hast doch wahrhaftig Deinen Beruf verfehlt.

Jacques.
Wie so?

Pierre.
Du hättest ein Faß werden sollen!

Jacques.
(Schlau:) O nein! Denn des Fasses höchster Zweck ist, leer zu werden!

Paul.
(Lachend:) Und der Deinige, Dich vollzusaufen! — Er hat Dich geschlagen, Pierre!

Jacques.
(Brüllt:) Bier! Bier!

Pierre.
So halt' doch das Maul! Sie bringt's ja schon.
(Ein Mädchen bringt drei Kannen Bier.)

Jacques.
Ah! (Er greift nach einer Kanne.)

Pierre.
(Ihn vom Trinken abhaltend:) Halt! Laßt uns erst anstoßen auf das Gedeihen der neuen Freiheit!

Paul.
Sie soll leben! Hoch!

Jacques.
Diese verfluchten Ceremonien! Was geht mich Eure Freiheit an. Sie befreit mich doch nicht von meinem Hausdrachen!

Pierre.
Aber das Bier wird sie billiger machen!

Jacques.
Glaubst Du wirklich?

Pierre.
Wenn ich Dir sage! . . . .

Jacques.
Ja! Dann soll sie leben! Hoch die Freiheit!

Paul.
Und die Gleichheit!
Jacques.
Und die Billigkeit!
Pierre.
Brüderlichkeit! willst Du sagen.
Jacques.
Nein, Billigkeit!
Paul.
Wenn aber Santerre Dein Bruder ist, so kriegst Du das Bier umsonst.
Jacques.
Sapristi, das wäre! Hoch also die Brüderlichkeit! — Sonst noch was? Nein, wenn einmal das Bier umsonst ist, gibt's für mich keinen Wunsch mehr auf Erden, als —
Paul.
Saufen! — (Sie trinken.)
Pierre.
Was sagt Ihr zu Linguet?
Jacques.
Was soll ich sagen? Ich mag den kleinen Kerl zwar nicht, aber dauern thut er mich doch! Ganz allein ein halbes Jahr (so lang ist's ja schon her?) in der Bastille zu sitzen! Brrr!
Pierre.
Was, in der Bastille? So weißt Du denn nicht ...
Paul.
Der was wissen! Der weiß nur, wenn er von seiner Alten Hiebe gekriegt hat! Ha! Ha!
Jacques.
Du! reize mich nicht! Sonst ... Was soll ich denn wissen?
Pierre.
Daß Linguet frei ist, schon seit vierzehn Tagen frei!

Jacques.
Sacrebleu!
Pierre.
Ja, Jourdan setzte diesen großköpfigen Hallunken so lange zu, bis sie endlich nachgaben. Es lebe Jourdan!
Paul und Jacques.
Hoch, Hoch!
Jacques.
Jetzt wird er aber wohl Ruhe geben?
Pierre.
I, bewahre, jetzt erst recht nicht!
Paul.
Er macht's wie Du! Gehst doch immer wieder in's Wirthshaus und besaufst Dich, wenn Deine Alte auch ....
Jacques (drohend).
Was?
Paul.
Nun, ich meinte nur, — man wird durch den Schaden nicht immer klug!
Jacques.
Ah so! Da hast Du Recht! — Sonst was Neues? Ich will jetzt auch anfangen, Politik zu treiben!
Paul.
Das wird was Schönes sein! — Seht, dort kommt Linguet!
Jacques.
Schaut der Kerl mager aus!

3. Scene.
Die Vorigen. Linguet.

Pierre.
Hoch Linguet!
Paul und Jacques.
Hoch!

Linguet.
Herzlichen Dank, meine Freunde! Das ist ein warmer Willkomm!
Pierre.
Habt ihn aber auch verdient! — Setzt Euch zu uns, Doctor! Habt gewiß was Neues zu erzählen....
Jacques.
Wie ging's Euch denn in der Bastille?
Linguet.
Schlecht genug, mein Freund, doch davon ein andermal! Heute habe ich gar Wichtiges im Kopf!
Pierre und Paul (zugleich).
So erzählt! erzählt doch! Was ist los?
Linguet.
Gewaltige Dinge sind im Anzuge! Hu! Euch wird gruseln, wenn Ihr's hört! Ich sage Euch, — Dinge...
Jacques.
Na?
Linguet.
Die noch nicht da waren!
Jacques.
Was der Tausend! Jetzt sind wir gescheidt!
Paul.
So sagt doch....
Linguet.
Hört! Unsere Führer Santerre, Jourdan, Legendre und Thuriot gehen mit dem Plane um... mit dem großen Plane... die Bastille zu stürmen!
Paul.
Morbieux! Das ist wirklich der Rede werth!
Pierre.
Ihr macht mich staunen! — Die Bastille!
Jacques.
Das laß' ich mir gefallen! Der Gouverneur hat in seinem Keller die besten Weine liegen! — Ich bin dabei! Hört Ihr! Ich helfe stürmen!

Linguet.

Das ist schön von Euch! Wir rechnen aber auch auf die guten Bürger, auf die tapfern Patrioten, denn ohne diese können wir's nicht richten!

Jacques.

Ihr thut auch mit?

Linguet.

Ihr zweifelt? Natürlich stelle ich auch meinen Mann.

Jacques.

(Lachend:) Der Riese! — Die Bastille wackelt schon! Ha! Ha! Ha!

Linguet.

(Verletzt:) Bürger!

Pierre.

Laßt ihn Doctor! Er ist ein dummes Vieh! — Und wann soll's losgeh'n?

Linguet.

Das ist noch nicht bestimmt. Wir wollen eben heute wieder berathen. — Ist Santerre zu Hause?

Pierre.

Es scheint nicht, sonst hätte er sich gezeigt.

Linguet.

War Theroigne schon da?

Pierre.

Noch nicht! Soll sie kommen?

Linguet.

Natürlich! Sie stellt sich an die Spitze, wenn es zur Erstürmung kommt! — Das nenn' ich mir ein Weib!

Paul.

Nicht wahr, die hat das Zeug dazu, einem den Kopf zu verdreh'n!

Jacques.

Verdrehen? Abreißen könnte sie ihn Dir, Du Mohnstengel!

Pierre.

Ja, stark und gewaltig ist sie! Und trotzdem ihr das Schicksal so hart mitgespielt hat, ist ihr Herz doch nicht verhärtet, — nur von dem Adel will sie nichts wissen. Für's Volk jedoch thut sie, was sie kann. Noch kein Armer, kein Unglücklicher ging ungetröstet von ihrer Schwelle.

Jacques.

Und ein Mundwerk hat sie, wie keine Zweite! Wenn sie von der Tribüne herunter gegen die Adeligen loszieht, da sperrt Alles Maul und Ohren auf. So reden uns're **Männer nicht**, wie die!

Paul.

Zu alledem ist sie noch schön und tugendhaft. Die Königin könnte sich ein Beispiel an ihr nehmen. — Wenn Theroigne unsere Königin wäre, brauchten wir keine Revolution zu machen!

Jacques.

Ja, die Königin! Die ist an Allem schuld! Die Verschwenderin!

(Es sammeln sich immer mehr Bürger auf der Bühne und setzen sich an die Tische. Die Kellnerin bedient.)

Paul.

Da könnte ich Euch was erzählen! Ihr kennt doch das Lustschloß Trianon, das der König ihr geschenkt hat?

Linguet.

Von außen wohl!

Paul.

Aber d'rinnen war't Ihr nicht! Ich sage Euch, das ist eine Pracht, davon macht Ihr Euch keinen Begriff!

Jacques.

Was Du nicht sagst?!

4. Scene

Die Vorigen. Castelnaur (kommt von links).

Paul.
Ja, hört nur zu! Die Wände sind mit Gold ausgelegt, und Edelsteine, Rubine, Smaragde, die sind nur so darüber ausgestreut, daß man vor lauter Blitzen und Glänzen gar nichts sieht! — Und die Pracht der Möbel, die herrlichen Teppiche, und die tausend, tausend Kostbarkeiten, die dieses Lustschloß birgt! Ich sage Euch, Millionen Francs stecken in diesem einzigen Hause, und woher hat man das Geld zu all' dem Luxus genommen? Vom Volk! Das Volk muß sich abarbeiten Tag und Nacht, und hat kaum das trockene Brot, womit es seinen Hunger stillt, während dieses übermüthige Weib, das uns gar nichts angeht, sich in Gold begräbt!....

Castelnaur (stürzt vor).
Nein, nein, glaubt ihm nicht! Er lügt! Es ist Alles nicht wahr!

Jacques.
Der Narr der Königin! Ha! Ha! Ha!

(Gelächter der Anwesenden.)

Castelnaur.
Und Ihr sollt mich nicht auslachen! Denn ich weiß es; ich weiß, daß sie Euch liebt, und daß ihr Eure Noth zu Herzen geht, denn sie ist gut, — so gut!...

Paul.
Was der Narr für Zeug spricht!

Castelnaur.
Ich bin kein Narr und ich spreche die Wahrheit Du aber bist ein Lügner! — Großer Gott! Von Pracht und Herrlichkeit spricht er, von Gold und Ueberfluß, und reizt so Eure Wuth! Wenn Ihr aber hingehen und sehen wolltet dieses Trianon, da würdet Ihr staunen über die Einfachheit, ja fast Aermlichkeit dieses Schlosses, und Ihr selbst würdet rufen: So soll, so darf Frankreichs Königin nicht wohnen! Das ist unser selbst nicht

würdig! Und sie! Wie lieb und mild sie ist, und wie
sie trauert und weint über das Elend des Volkes, dem
sie angehört, dem sie gerne Mutter, Beglückerin sein
möchte! Dieses Volk aber schmäht sie, dieses Volk haßt
sie und stößt ihr Herz voll Liebe zurück! Dieses undank=
bare Volk! — Ja, betet sollt Ihr, beten, daß sie Euch
erhalten bleibe, die himmlische Frau, die gute, gute
Königin! (Fanatisch:) Es lebe Marie-Antoinette!

Paul.

Schlagt den Narren nieder! Wie frech der Bursche
zu faseln wagt!

Die Anwesenden (durcheinander).

Ja, wir wollen es! Er lobhudelt der Königin! Er
ist ein Aristokrat!

(Tumult.)

5. Scene.

Die Vorigen. Lucile, Jourdan, Santerre
(treten auf).

Lucile.

Was ist hier los? Was deutet der Tumult?

Linguet.

Der Bürger da hat uns von Trianon,
Dem Schloß der Königin erzählt, und wie
Von Gold und Kostbarkeit dort Alles strotzt,
Dieweil das arme Volk verhungert. Da,
Weiß Gott, wie hergeschneit, stürzt' Castelnaux,
Der Narr, urplötzlich her, und schalt den Bürger,
Der's freilich etwas arg gemacht, 'nen Lügner,
Hob Antoinetten bis zum Himmel hoch,
Und reizte so das Volk, daß es ihm drohte!

Lucile.

Wie? Das ist Castelnaux? Das ist der Mann,
Den seine Liebe zu der Königin
Um den Verstand gebracht, wie man erzählt?
Und dessen ganzes Wollen, Sinnen, Sehnen
Sich in dem einen Wunsche jetzt vereint,
Dies Weib, das ihn so schrecklich elend machte,

Nur anzuseh'n, nur wortlos anzubeten?
O wahrlich! eine Fabel kann's nur sein!
Und wenn es dennoch wäre, wenn der Mann,
Den dieses Volk verspottet und verhöhnt,
Den es zum „Narren" stempelt, tief im Herzen
Nur eine echte Dichterliebe trüge? —
Wie mild er blickt! — Ich muß doch mit ihm sprechen!
(Zu Castelnaux:) Du bange nicht, es soll Dir nichts ge-
schehn!
(Zu den Andern:) Ihr aber schämt Euch, schämt Euch in
die Seele!
Wenn er ein Narr ist, wie Ihr Alle sagt,
Warum dann nehmt Ihr seine Worte krumm,
Und droht ihm gar, — so Viele gegen Einen?
Ist's dann nicht Eure Pflicht, ihm zu verzeihen,
Falls er in seinem Wahnsinn Worte sagte,
Die Euch verletzen? Ist's nicht Eure Pflicht,
Dem Armen Mitleid, Schonung zu bezeigen? —
Wenn Euch ein Blinder stieß, wer von Euch gibt
Den Stoß im Zorne ihm zurück? Wer ist
So hart? — Und dieser hier ist blind am Geiste,
Bejammernswerth, wie Niemand auf der Welt,
Und ihm wollt Ihr entgelten, daß er Euch
In seiner Geistesblindheit stieß? Fürwahr!
Ich dacht' Euch edler, besser Euch gesinnt,
Und fast dünkt mich, Ihr seid der Lieb' nicht werth,
Die ich Euch zolle! — Schämt Euch! Schämt Euch Alle!
(Zu Castelnaux, der ihr staunend zugehört hat:)
Du aber komm, im Dunkel jenes Baumes
Will ich mit Dir ein wenig plaudern! — Nun?
Du fürchtest Dich vor mir? — Ich thu' Dir nichts!
Ich bin Dir gut!
(Sie zieht Castelnaux zur Bank unter dem Baume; Santerre und
Jourdan mischen sich unter die Bürger.)

Castelnaux.
O sag', wer bist Du denn?
Ich hab' Dich nie geseh'n! Ei! Du bist schön!
Fast wie die Königin! — Die bösen Menschen,
Die scheinen all' Dir unterthan, und das
War recht, daß Du sie ausgescholten, — das
War wirklich brav von Dir! — Wer bist Du? sag'!

Lucile.
Ich bin des Volkes Freundin! —

Castelnaux.
(Auffahrend:) Dann gewiß,
Dann hassest Du die Königin! Nein, nein!
Ich will nicht mit Dir plaudern! Laß' mich! Laß'!

Lucile.
So bleibe doch! Ich will ja Dich nur hören,
Und nicht ein Wörtchen sag' ich gegen sie!
Ich kenne sie ja nicht!

Castelnaux.
Du kennst sie nicht?
Du hast sie nie geseh'n?

Lucile.
Im Leben nicht!

Castelnaux.
O dann beklag' ich Dich! Der liebe Gott
Ist Dir recht bös', daß er sie Dir nicht zeigt!

Lucile.
(Bei Seite:) O, wie der Narr die Wahrheit spricht!

Castelnaux.
Mich aber,
Mich hat er lieb'! Ich seh' sie alle Tage,
Die schöne, gute Königin! Und sieh'!
Selbst hat sie's mir erlaubt! Sie weiß ja wohl,
Daß ich sie liebe, liebe grenzenlos!

Lucile.
Und sprachst Du schon mit ihr?

Castelnaux.
(Freudig lachend:) Ha, glaubst Du denn,
Die Königin ist stolz? Ich lach' Dich aus,
Daß Du so thöricht denkst! — Wenn sie mich sieht,
Da nickt sie stets mir freundlich zu, und ach!
Einmal —

Lucile.
Du stockst?

Castelnaux.
          Wart' einen Augenblick!
Mir ist manchmal so wirr in meinem Kopf,
D'rum schelten sie mich einen Narren; doch
Du glaubst es nicht? Gelt, ich bin ganz vernünftig? —
Wie heißt Du denn?
          Lucile.
          Nenn' mich Lucile, mein Freund!
          Castelnaux.
Lucile! Das ist ein schöner Name! Doch
Marie-Antoinette gefällt mir besser!
Du bist nicht bös' darob?
          Lucile.
               Wie sollte ich!
Doch wolltest Du mir etwas früh'r erzählen...
          Castelnaux.
Jetzt fällt mir's ein! — Es war in Trianon, —
Die große Wiese, — weißt Du, — vor dem Schloß —
Da lag ich eines Tag's und sah empor
Zum blauen Himmel, selbstvergessen träumend,
So wie ich's eben kann. Da plötzlich rauscht'
Es neben mir. Ich sah mich um, und sah —
Die Königin! Du! das war Dir ein Glück!...
Ich stand nicht auf, nein, wie verzückt lag ich,
Und blickte ihr in's wundersüße Antlitz.
Sie aber lächelte, und mit der reinen,
Der silberhellen Stimme fragte sie:
„Wie geht es, Castelnaux?" Da lachte ich
Vor unaussprechlicher Glückseligkeit,
Und sagte: „Danke, gut! recht gut! — Und Dir?" —
Ich sage allen Menschen „Du" — No ja!...
          Lucile.
Natürlich, lieber Freund, Du hast ganz Recht! —
Und sie? Was hat sie Dir erwiedert?
          Castelnaux.
               Ei!
„In Trianon, da bin ich immer glücklich,
„Da fühl' ich näher mich dem lieben Gott!"

Sprach sie darauf, und nickte lächelnd mir, —
Und als sie ging, da sah sie sonderbar,
So sonderbar auf mich, — doch gar nicht böse!...
Ich aber blickt' ihr lange, lange nach, —
Und dann hab' ich geweint... Ich wußte selbst
Nicht, wie es kam, doch war mir wunderweh'!

Lucile.
(Bei Seite:) So liebt ein Mann? — Ich kann es gar
nicht fassen!

Castelnaux.
Jetzt aber bin ich glücklich! — Bist Du's auch?

Lucile.
(Dumpf:) Ich nicht, mein Freund!

Castelnaux.
(Streicht ihr die Haare aus der Stirne.)
Du nicht? — Was fehlt Dir denn? —
Und eine Thräne gar in Deinem Auge?
O weine nicht! Ich kann das gar nicht seh'n!

Lucile.
(Bei Seite:) Es schmilzt mein Herz!

Castelnaux.
(Mitleidig:) Hast Du denn keinen Liebsten?

Lucile.
O sprich' mir nicht davon! Er ist gestorben!...

Castelnaux.
Gestorben?! Jesus, das ist fürchterlich!
Dann glaub' ich Dir, daß Du sehr elend bist! —
Und mir, — mir dürft' es nimmermehr gescheh'n!
(Wild:) Nein! Meine Königin darf mir nicht sterben,
Und wenn sie stürbe, brächte ich mich um! —
(Mild:) Mein Leben ist an ihres ja so ganz,
So unzertrennlich eng gefesselt, daß
Es mit dem ihren auch zu Ende geht:
Denn ohne sie gibt's nichts für mich auf Erden! —
Jetzt aber muß ich fort: Du hast mir ja
So bang' gemacht mit Deinen trüben Worten,

Daß ich nicht eher ruhen kann, bis ich
Die Königin geseh'n, — bis ich geseh'n,
Daß sie noch lebt! — Adieu, Lucile! Adieu!
(Castelnaux ab.)

6. Scene.
Die Vorigen, ohne Castelnaux.

Lucile.

Das also ist der „Narr der Königin"!
Und ihm muß ich begegnen, daß er mich
Belehrt, wie grenzenlos ein Weib
Geliebt sein kann, — selbst gegen Ihren Willen,
Und daß er so, indem er mir ein Glück,
Ein ungeahntes zeigt, die ganze Tiefe
Des eig'nen Jammers mich ermessen läßt! —
Die milden Saiten meiner Seele hat
Sein Finger leise mir berührt, und fast
Vergessen macht er mich den Haß, den Zorn,
Die Rache selbst! — Doch nein! Es soll nicht sein!
Nur höher flammen soll die Leidenschaft,
Weil ich jetzt weiß, daß ich noch mehr verloren,
Als ich bisher gedacht! Auf denn! An's Werk!
Santerre! Jourdan! Linguet! — Ich bin bereit! —
(Zum Volke gewendet:)
Euch aber sage ich, wer nur ein Haar
Dem Narren je zu krümmen wagt, dem droht
Mein Zorn! — Und der kann furchtbar sein!
(Sie geht stolz durch die Mitte gegen das Haus zu ab, gefolgt
von Santerre, Jourdan und Linguet.)

Der Vorhang fällt.

Vierter Act.

Paris. Zimmer bei Suleau.

1. Scene.
Suleau. Thomas.

Suleau.
(Etwas herabgekommen, liegt auf einem Divan und spricht matt:)
Du traffst ihn?

Thomas.
          Zu Befehl! Der Graf Vermont
Entbietet Ihnen seinen wärmsten Gruß,
Und wird sogleich erscheinen!

Suleau.
                  Das ist gut! —
O wär' er nur schon da, ich zittere
Vor Ungeduld nach seinem Anblick. — Nun,
Und was erfuhrst Du über Theroigne?

Thomas.
Was man mir so erzählte, spielt sie hier
Gar eine wicht'ge Rolle. An die Spitze
Der großen, rohen Masse stellt` sie sich,
Die sie mit ihrem Gelde theils, theils auch
Persönlich wirkend, gegen Alles hetzt,
Was adelig, was königlich gesinnt.

Suleau.
So ist es wahr! Sie haßt uns Alle, Alle, —
Sie haßt auch mich, — und ich!

Thomas.
    (Anmeldend:) Der Graf Vermont!
                    (Thomas ab.)

2. Scene.

Suleau. Vermont (tritt auf).

Vermont.
(Steht überrascht.)

Suleau.
(Erhebt sich und geht ihm entgegen.)

Vermont.
Du hast Dich arg verändert. lieber Freund! —
Es scheint . . . Du hast Dich trefflich amüsirt!

Suleau.
's war lustig! Ja!

Vermont.
Zu lustig, meine ich!
Du gingst als Mann, — als Schatten kehrst Du wieder!

Suleau.
Nicht doch, nicht doch, so arg' ist's wohl noch nicht!

Vermont.
Mag sein! Doch scheinst Du wirklich krank, Suleau!
Was aber willst Du dann hier in Paris?
Dir thut ja Ruhe Noth, und diese findest
Du eher überall als jetzo hier!
Wen suchst Du denn?

Suleau.
O sie, nur sie, Lucile!

Vermont.
Wie? Theroigne?

Suleau.
Siehst Du sie oft, mein Freund?
O sage mir! O sprich! Ist sie noch schön?
So schön wie damals, — damals . . . Nein, sie muß
Noch schöner jetzo sein, und üppiger,
Und wilder! — Ach! erzähle doch! Du siehst,
Wie ich nach Deinen Worten lechze! O!
Du weißt nicht, was ich um sie litt, und wie
Die Sehnsucht mir das kranke Herz zerwühlt!

Vermont.
So ist es das! — Ja, ja, Du irrst Dich nicht,
Lucile ist schöner jetzt als je. Die Formen
An ihr sind alle voll und rund und kräftig,
Und in dem Auge glüht ihr ungesättigt
Verzehrend Feuer! — Ja, ich könnte sagen,
Sie ist das schönste Weib in ganz Paris.
Suleau.
Und wer besitzt sie jetzt?
Vermont.
Deff' rühmt sich Niemand.
Suleau.
Wie? Niemand? Niemand? — O! wie das beruhigt!
Sie führt das Volk?
Vermont.
Sie hetzt es, wäre besser.
Suleau.
Und gegen uns?
Vermont.
Mit Wildheit und Erfolg!
Allein was soll sie Dir? Willst Du sie gar
Nochmals verführen? Hast sie noch nicht satt?
Suleau.
Satt? Satt! ... Und wäre doch beinah' verdurstet!
Vermont.
Und trankst so viel!
Suleau (sich erhebend).
Ja, Freund, ich trank und trank!
Doch diesen Durst vermochte nichts zu löschen!
O! Frauen hatt' ich, glühend wie Vulcane, —
Wie Phryne schön! Die halberschloff'ne Knospe,
Die vollerblühte Rose pflückte ich,
Und warf sie, kaum genossen, wieder fort!
Vom keuschen Kloster taumelte ich gierig
Zur wüsten Orgie der Bacchantinnen,
Ein Ahasverus meiner Sinnlichkeit:

Nichts war zu heilig mir, und nichts zu schlecht,
Doch nichts, o nichts vermochte sie zu zügeln,
So ganz entfesselt war die Phantasie! —
Und wenn Du frägst, wer diesen Brand geschleudert,
Den markverzehrenden, in mein Gehirn,
Wer mich von Quell' zu Quell' gejagt, gepeitscht,
Und nimmer ruhen mich noch rasten ließ,
So schrei' ich Dir in's Ohr: Lucile! Lucile!

Vermont.
Das ist sehr schlimm!

Suleau.
Und länger trag' ich's nicht!
Ein Ende muß es nehmen, — wie's auch ende!
D'rum bin ich in Paris, d'rum rief ich Dich,
Und helfen mußt Du mir!

Vermont.
Unmöglich!

Suleau.
Nein!
Unmöglich darf's nicht sein! Ich muß, ich muß
Noch einmal dieses Weib im Arme halten,
An ihren Lippen muß ich noch einmal
In namenloser Wonne hängen, denn
So kann ich l e b e n nicht, und kann nicht s t e r b e n!

Vermont.
Dann mag es sein! Wer solche Sprache spricht,
Hat zu gewinnen nur, nichts zu verlieren,
Und d'rum sei der Versuch gewagt! Doch dies
Sag' ich Dir gleich; Du spielst va banque, denn nie
Noch ward ein Mann gehaßt wie Du. Und wenn
Dich Theroigne erblickt, entdeckt, — ich weiß
Nicht, was sie dann mit Dir beginnt. Dann ist's
Wohl nicht erst nöthig, daß Du zu ihr kommst,
Sie holt Dich selbst!

Suleau.
Ich lass mich gerne finden.

Vermont.
Und willst Du sie nicht sehen, ehe Du
Die letzten Schritte wagst? Vielleicht daß Dich
Dies zur Besinnung bringt.
Suleau.
Wo kann ich dies?
Vermont.
In der Versammlung der Nation, woselbst
Sie alle Tage weilt! — Jetzt gleich!
Suleau.
O Gott!
Vermont.
Du zitterst schon?
Suleau.
Ja, Freund, ich zittere,
Doch nicht vor Furcht, — vor übergroßer Freude!
Sie wiederseh'n — so lang' hab' ich's ersehnt,
Und jetzo faß' ich's kaum! Doch laß' uns geh'n!

3. Scene.

Die Vorigen. Thomas (stürzt herein).

Thomas.
O Herr, Ihr wollet fort? Das ist unmöglich!
In Aufruhr ist die ganze Stadt, und wild
Mit Brüllen und Gejohle durch die Straßen
Drängt sich des Pöbels wuthentbrannte Rotte!
Bewaffnet mit Gewehren, Picken, Stöcken,
Mit Beilen, großen Messern, selbst mit Steinen
Zieh'n sie einher, und Jeder ist bedroht,
Der gut gekleidet ihrem Blick sich zeigt!
Vermont.
Und was bedeutet dieser Aufruhr wohl?
Was ist ihr Zweck? wo zieht die Rotte hin?
Thomas.
Man sagt, sie wollen die Bastille erstürmen!

Vermont.
Wie? Die Bastille? Ist denn der Pöbel rasend?
Mit solchen Waffen die Bastille?

Thomas.
O Herr!
Das Zeughaus haben sie geplündert, und
Von Pferden, Männern, Weibern selbst gezogen,
Sieht man Kanonen durch die Gassen rollen!

Vermont.
Ah! Das ist wirklich arg! — Und wehren denn
Die Nationalgardisten nicht dem Treiben?

Thomas.
Sie ziehen mit dem wilden Pöbel und
Fraternisiren! — 's ist entsetzlich, Herr!

Suleau.
Und Theroigne?

Thomas.
Just zog sie hier vorbei
Auf schwarzem Roß, in scharlachrothem Kleid,
Gar furchtbar anzusehen, und hinter ihr
Von Amazonen und von Volk ein Knäu'l,
Der jubelnd, trunken ihren Namen brüllte!

Suleau.
So kämpft auch sie? O Thomas! rasch den Degen,
Und meinen Hut! Fort muß ich, fort!

Thomas
(gibt ihm das Gewünschte).

Vermont.
Wohin?
Was willst Du thun?

Suleau.
In die Bastille! Mein Freund!
Die Stunde der Entscheidung schlägt, und ich
Will ungenützt sie nicht verstreichen lassen.
Einst floh ich dieses Weib! Im Uebermaß
Der Liebe, im Bewußtsein meiner Schuld

Entschloß ich mich, ein Feigling ihr zu scheinen.
Doch diese Schmach will ich nicht länger tragen;
Da gilt kein Ueberlegen, gilt kein Zagen,
Im wilden Kampf stell' ich mich ihr entgegen, —
Der Todesstoß von ihr ist Glück und Segen!
Ja! stolzes Weib, ich will mich finden lassen,
Und biete Dir die Brust mit freiem Muth,
Und Deinen Zorn, Dein grenzenloses Hassen
Magst kühlen Du in meinem Herzeblut!
(Stürzt begeistert ab. — Thomas ihm nach.)

4. Scene.

Fermont (allein).

Wie sich der Junge plötzlich toll geberdet!
Ich wünsche, daß ihm der Spaziergang frommt, —
Sein Leben ist dabei wohl nicht gefährdet,
Und schwören wollt' ich, daß er wiederkommt!
Es werden der Bastille Riesen-Mauern
Des Pöbels Angriff wohl noch überdauern, —
Heut' Abend noch zieht Alles friedlich heim!
Und Theroigne — Welch' herrlicher Gedanke
Zuckt blendend mir jetzt durch's Gehirn, doch nein,
Nicht ein Gedanke nur, er werde That!
Ja, Theroigne! als wir zum erstenmal
Uns sahen, warst so wild und furchtbar Du,
Daß mir der Muth gebrach, um Dich zu werben, —
Ich hab's bereut, so oft ich Deiner dachte,
Und wahrlich! Nur zu häufig dacht' ich Dein!
Doch sieh'! Fortuna bietet lächelnd mir
Zum zweitenmale ihre starke Hand,
Und ich ergreife sie mit gierer Hast,
Und nicht mehr laß' ich ab! — Er will durchaus
Dich wiedersehn, besitzen will er Dich,
Und sollt' er d'rob zu Grunde geh'n! Es sei!
Er hat auf dieser Welt nichts zu verlieren,
Und danken muß er mir, wenn ich hinab
Mit starker Faust ihn in den Abgrund stoße!
Doch daß sein Tod nicht ohne Früchte sei,
So spiel' ich mich auf den Verräther! Ja!

Ich bringe Dir das Opferlamm, Lucile,
Nach dessen Blute Du so lange Zeit
Vergebens lechztest, bring' es Dir lebendig,
Damit Du langsam es zu Tode martern
Und endlich auch vernichten kannst! Doch dann,
Wenn Du den wilden Rachedurst gesättigt,
Dann fordere ich den Lohn für meine Mühe,
Den Preis, den langersehnten, schönes Weib,
Ja, Deinen eignen, wonnevollen Leib!

(Energisch ab.)

Verwandlung.

Paris. Großer Platz.

5. Scene.

Ein Volkshaufe, darunter Pierre und Paul, drängt von links herein; an der Spitze Linguet.

Linguet.

Hier, Bürger, her! Platz ist hier für Euch Alle,
Und daß Ihr besser höret, was ich spreche,
So stellt Euch rings um mich!

Pierre.

Thut, was er sagt!
Der Doctor ist ein klug-gelehrter Mann,
Und wenn er spricht, so macht die Ohren auf,
Die Mäuler zu, — so könnt Ihr profitiren!

Paul.

Was wird denn der uns viel belehren können?
Wir sind das Volk, wir wissen Alles besser!

Stimmen.

Ja, ja, wir sind das Volk!

Paul.

Und wissen Alles!

Mehrere Stimmen.

Wir wissen Alles!

Pierre.

   Wie man frißt und sauft,
Das wißt Ihr wohl, doch das ist dann auch Alles!
Herr Doctor, steiget da nur auf den Stein,
Denn weil Ihr klein seid, trau'n sie Euch nichts zu;
Allein schaut Ihr erst über ihre Köpfe,
Dann halten sie Euch für 'nen großen Mann.
Und wenn Ihr wollt, auch für den Herrgott selber!
   (Er hilft Linguet auf einen Eckstein.)
So ist es recht! Und jetzt legt immer los,
Und schreit, daß Eure Lungen platzen, steckt
Auch Anfangs gar nicht viel dahinter! Denn:
Wenn man auch nichts sagt, — sagt man's nur recht laut,
So ist der Pöbel höchlich schon erbaut!

Linguet.

Jetzt hört mich, Bürger, hört, was ich Euch sage!
In wildem Aufruhr seht Ihr ganz Paris,
Das ganze Volk in Waffen, wie Ihr selbst,
Drängt durch die Straßen ohne Unterlaß,
Und jedes Hemmniß wirft es zornig nieder;
Und dieses Aufruhrs Zweck, das kühne Ziel,
Das Ihr erstrebet, fliegt, der Windsbraut gleich,
So rasend ohne Rast und furchtbar dräuend
Wie Blitz und Donner, jetzt von Mund zu Mund,
Es ist die Losung: Nieder die Bastille!

Volk.

Ja, nieder, nieder die Bastille!

Paul.

   Ihr seid
Ein dummes Volk! Da brüllt Ihr wüthend mit,
Als wär's was Neues, was der Mann Euch sagt,
Und wißt es doch! Geht lieber an die Arbeit,
Denn mit dem Brüllen nur ist nichts gethan!

Stimmen.

Du schweig' und laß' den braven Doctor reden,
Wir wollen, daß er spricht!

Linguet.

Der Bürger da
Hat nicht ganz Unrecht: mit dem Reden blos
Ist nichts gethan: doch hört mich erst zu Ende!
Ich will Euch von dem dunkeln Thurm erzählen,
Von all' den Qualen, die man dort erduldet,
Und dies wird Eure Kraft und Muth erhöh'n.
Ich aber kann's, denn ich war selbst darin!
Ja, Bürger, d'rin saß ich viel Monden lang,
Lebendig=todt, als wie in einem Sarg!
Doch haltet mich darum für keinen Schurken,
Für keinen Räuber oder Mörder, denn
Für diese sind die Staatsgefängnisse,
Für diese gibt's Gericht, Anklage und
Vertheidigung; in die Bastille aber
Sperrt man Unschuld'ge nur, nur **brave** Männer!
Des Nachts aus Euren Betten holt man Euch,
Wenn einem hohen Herren es gefällt;
Zeigt schweigend Euch geheimen Haftsbefehl,
Und marsch nun fort in die Bastille!
Und welch' ein Kerker! Luft und Licht sei Euch
Zum Mindesten gegönnt, meint Ihr? Ihr irrt!
Das Leben hart, unmöglich Euch zu machen,
Das ist's, wozu man Euch gefangen hält,
Und danach ist auch Alles dort! — So dumpf
Und feucht ist Euer Kerker, wie ein Sumpf,
Und nur ein kleines Fenster führt in's Freie,
Doch dieses ist dreifach vergittert, so
Daß nicht ein Strahl der Sonne zu Euch kann!
In diesem Grab, auf einem Haufen Stroh,
Von schaurigem Froste bald gerüttelt,
Und phantasirend bald im Fieberwahnsinn,
(Denn dieses packt Euch schon nach kurzer Frist)
Liegt Ihr nun Tag und Nacht und Nacht und Tag,
Stets der Befreiung harrend, die **nicht** kommt. —
Und in der Todtenstille, die Euch fast
Zur Raserei treibt, hört Ihr nur Euch selbst,
Wenn Ihr verzweifelt wimmert, schreit und heult,
Und außerdem schlägt schrecklich Euch an's Ohr
Das schauerliche Klirren nur der Schlüssel,

Der Riegel Kreischen an den Eisenthüren,
Die dumpfen Tritte Eurer Kerkermeister!....
(Pause.)
O theure Freunde, nicht vermag ich Euch
Die Qualen alle, die ich litt, zu schildern,
Mit Worten nicht! Doch seht mich an! Ich bin
Nicht vierzig Jahre alt, und weiß es doch,
Ihr gebt mir sechzig! — Grau und spärlich ist
Mein Haar, mein Körper ist gebrochen, und
Tief sind die Furchen in das Antlitz mir
Wie mit der Pflugschar eingegraben! Ja!
Ich bin ein Greis und die Bastille hat
Zu diesem Greise mich gemacht. Und Euch,
Euch Allen droht das Los, dem ich verfallen,
Denn Ihr seid brav und ehrlich wie ich selbst,
Und nur für uns erschließt sich dieser Kerker!
Und darum, Bürger, dürfet Ihr nicht zagen,
Ihr müßt den Kampf, den fürchterlichen, wagen,
Und eher rastet nicht und steht nicht still,
Bis Ihr sie bracht, die Mauern der Bastille!

Volk im Chor.
Da, nieder die Bastille! Wir wollen stürmen,
Die Fahnen reißen wir von ihren Thürmen,
Die Mauern brechen wir, wir dringen ein,
Und wer uns wehrt, er soll des Todes sein!

Pierre.
Den Doctor aber lasset hoch jetzt leben!
Auf uns're Schultern wollen wir ihn heben,
Und tragen ihn in muth'gem Kampf voran,
Er kennt die Wege wohl, er führ' uns an!

Volk.
Der Doctor hoch! Wir tragen ihn voran!

Linguet.
(Fanatisch. — Auf den Schultern zweier Männer.)
Es sei! Es sei! Ich scheue nicht den Tod,
Zu enden meines Volkes Qual und Noth!
(Umblickend.)
Doch seht! Dort naht mit neuen wilden Schaaren

In langem Zuge Theroigne, die Kühne,
Des Volkes Mutter und des Adels Feind!
Mit ihr sei unser Haufe hier vereint,
So wachsen Alle wir an Muth und Stärke,
Und nichts mehr hindert uns am großen Werke!
(Er gleitet von den Schultern der Männer herab.)

6. Scene.

Die Vorigen. Theroigne auf schwarzem Rosse, in scharlachrothem Kleide, gefolgt von Amazonen und Volk, kommt von links.

Volk (jubelnd).

Hoch, Theroigne, — Du führe uns zum Kampfe!

7. Scene.

Die Vorigen. Jourdan (mit einem großen Beile stürzt herein).

Jourdan.

Ha! Theroigne! Daß ich Dich endlich finde!
Gar wicht'ge Botschaft hab' ich Dir zu sagen!

Lucile.

Was ist gescheh'n?

Jourdan.

Suleau ist in Paris!

Lucile (aufschreiend).

Suleau? Mein Gott! Und weißt Du dies bestimmt?

Jourdan.

Ich sah ihn selbst!

Lucile.

Du selbst? Du selbst? — Suleau?
Wie Alles mir doch vor den Augen tanzt,
Ich faß' mich kaum! — (heftig:) Wo aber find' ich ihn?

Jourdan.

Dort, wo das Volk Du jetzt zum Sturme führst, —
In der Bastille! Dort triffst Du ihn im Kampfe!

Und wenn nicht Du, so will ich ihn ergreifen
Und bring' ihn Dir!

     Lucile.
    (Blickt starr.)
     Jourdan.
   Hörst Du? Besinne Dich!
Ich bring' ihn Dir, den Du so lang gesucht,
Und Deiner Rache sei kein Ziel gesetzt! —
Jetzt aber sprich zum Volk und mach's recht toll,
Denn dieser Sturm ist wohl kein Kinderspiel! —
Nun muß ich fort! Leb' wohl! Auf Wiederseh'n!
       (Jourdan ab.)
   Lucile (erwachend).
Auf Wiederseh'n! — Jetzt gilt's!
     Foll.
Hoch Theroigne!

8. Scene.
Die Vorigen, ohne Jourdan.

     Lucile.
   Mir schwillt das Herz vor Wonne,
Seh' ich Euch so, von edlem Zorn entbrannt,
Und immer höher, glüh'nder steigt die Sonne
Der jungen Freiheit auf in unsrem Land!
Doch wahrlich! es ist Zeit! denn tief im Staube
Lagt Ihr Jahrhunderte hindurch als Knechte,
Und Alles, was Euch theuer war, zum Raube
Ward es des Adels schurkischem Geschlechte,
Die Weiber riß man frech aus Euren Armen,
Die Töchter ohne Scham zu schnöder Lust,
Und wehrtet Ihr Euch, flehtet um Erbarmen,
Da stieß man Euch hohnlachend vor die Brust!
Was Ihr mit Müh' und Noth Euch kaum erworben,
Der Adel nahm's und freute sich darob,
Und konnt' er's nützen nicht, so ward's verdorben,
Und wehe Dem, der klagend sich erhob!
Euch ward kein Recht, Euch ward nicht einmal Gnade,

Denn Recht und Milde kennt der Adel nicht,
Er übte nur Gewalt mit Beil und Rade.
Und alles dulden, das war Eure Pflicht!
Doch endlich überfüllet ist der Becher,
Den man Euch frevelnd drängte an den Mund,
Und in das Angesicht dem frechen Zecher
Gießt Ihr den Inhalt jetzt bis auf den Grund!
Der jüngste Tag, er ist herangekommen,
Und nun genießet ihn auch unverkürzt,
Von ihrer Höhe, die sie stolz erklommen,
Sei'n jetzt die Uebermüthigen gestürzt!
Ihr müßt Euch rächen, Bürger, furchtbar rächen,
Denn Eure Rache ist ein Strafgericht,
Ihr müsset quälen, foltern, Herzen brechen,
Nur Milde, Gnade üben dürft Ihr nicht:
Was sonst geboten, jetzt wird es zur Sünde,
Was edel sonst, jetzt gilt es als Verrath,
Denn tausendfach sind Eures Zornes Gründe,
Und gegen sie steht keine gute That!
Und nun zum Sturm! Des Adels düst're Feste,
Des Unrechts Bollwerk schlagen wir zusammen,
Und ihre Trümmer, ihre öden Reste
Vernichten wir mit Feuer und mit Flammen!
Und weiter fort von Stufe dann zu Stufe
Bis auf zum Throne steigt des Volkes Wille,
Wir reißen Alles nieder mit dem Rufe:
Rache, Freiheit!

Volk (stürmisch):
Nieder die Bastille!
(Der Zug bewegt sich in wildem Tumult über die Bühne. Das Orchester fällt ein.)

Der Vorhang sinkt langsam.

Fünfter Act.

Paris. Zimmer bei Lucile, hell erleuchtet.

1. Scene.

Lucile (allein).

So habe ich auf diesen Augenblick
Geharrt so lange Zeit mit Ungeduld,
So lange Zeit hielt ich die Wunde offen,
Die er mir tief in meinem Herzen schlug,
Und meines Hasses Flammen schürte ich
Mit meinem namenlosen Schmerz; — mir war
Das Leben Qual und Schmach, und keine Freude
Erhellte jemals meinen düstern Sinn, —
Und dennoch lebte ich, und Kraft und Muth
Solch' Dasein zu ertragen, hatte ich:
Die Hoffnung hielt ja aufrecht mich in all'
Dem Jammer, diesen einen Augenblick,
Den heißersehnten, doch noch zu erleben! —
Und nun? Und nun? — Ich weiß, wo ich ihn finde,
Die Mauern der Bastille erklimme ich
In wilder Hast und immer vorwärts drängt
Mein ungestümer Sinn! Mein Schwert bahnt mir
Den blut'gen Weg, und rachetrunken späht
Mein Blick nach ihm! — Und endlich — endlich — ja!
Dort steht er, kämpfend wie ein toller Leu!
Ich stürze vor, schon bin ich ihm so nah',
Daß ich die Hand nur auszustrecken brauche, —
Da drängt ein Schrei sich grell aus meiner Brust,
Es schwankt mein Fuß. — die Sinne schwinden mir,
Und nieder stürze ich vor dem Verräther; —
Ich, Theroigne, das heldenmüth'ge Weib,
Zu der die Tapfersten mit Staunen schauen,

(Wildlachend:)
Ich werd' ohnmächtig, weil ich ihn erblicke,
Und lasse ihn entkommen, — großer Gott! —
(Sie schlägt die Hände vor's Gesicht. Dumpf:)
Und hier erwache ich zu neuem Jammer!
(Pause.)
Doch nein! noch brauche ich nicht zu verzagen,
Noch ist ja nichts verloren! Hat mir doch
Jourdan versprochen, daß er mir ihn bringt,
Lebendig bringt, und sicher, der hält Wort! —
Und habe ich ihn dann, den schönen Grafen,
Den Buben! — o! dann halte ich ihn fest,
Und nichts auf dieser Welt ist stark genug,
Die Beute aus den Armen mir zu reißen,
Selbst Gott und Teufel haben keine Macht:
M e i n ist er, m e i n! Ich hab' ein Recht auf ihn!

2. Scene.

Lucile. Ein Mädchen (tritt auf).

Lucile.

Was stört Du mich?

Mädchen.

Ein Herr wünscht Euch zu sprechen.
Sehr dringend, sagt er, wäre sein Geschäft!

Lucile.

Wie? Hör' ich recht? Um diese späte Stunde
Ein Herr zu mir? Ist er Dir fremd?

Mädchen.

Ganz fremd!

Lucile.

Das ist höchst sonderbar! — Was kann er wollen?
Doch nein! Sei's, was es sei! Jetzt ist's zu spät!
Ich mag ihn heut' nicht mehr empfangen; auch
Erwart' Jourdan ich jeden Augenblick.
Sag' ihm, ich ruhe schon; er möge morgen ....
Laß' ihn herein! .... (Mädchen ab.)

3. Scene.

Lucile (allein).

Was soll mir das bedeuten?
Wer kann das sein? — Ich habe keine Ahnung!

4. Scene.

Lucile. Vermont (tritt ein).

Lucile.

(Sie stürzt mit einem Schrei auf ihn los und ruft:)
Ha! Du?

Vermont (lächelnd).

Ich selbst, Madame, und in der That
Begreiflich find' ich es, ja, ganz natürlich,
Daß mein Besuch Euch höchlich überrascht!

Lucile.

Wie? Ueberrascht? — Empört willst Du wohl sagen?!
Ihr wagt es, mir vor's Angesicht zu treten?
Hier in mein Haus wagt Ihr zu kommen? Ihr?
Und fürchtet nicht, daß ich durch meine Leute
Euch augenblicklich niederschlagen lasse?
O wahrlich! Eure Frechheit imponirt!

Vermont.

Wie soll ich dies versteh'n? Wir schieden doch
Als gute Freunde, wenn ich mich nicht irre!

Lucile.

Als Freunde, wir? Ihr seid wohl närrisch, Mensch!
Wie? oder hättet Ihr bereits vergessen,
Daß damals Ihr so niederträchtig wart,
Mich zu belügen, — mich?! — Habt Ihr vergessen,
Daß Ihr nach London gar mich narren wolltet,
Wohin Suleau zu reisen gar nicht dachte? —

Vermont.

Nicht dachte? Wer behauptet das? — Er war,
— Ihr könnt mir's glauben, — hinzugeh'n gesonnen,
Doch plötzlich ändert' er den Reiseplan.

Lucile (für sich).

Er lügt! Ganz unverkennbar ist's, er lügt!
Doch sei's! Ich will mich gläubig stellen, und
Versöhnlichkeit in meine Worte legen,
Denn ohne Grund nicht kommt er, und ich muß
Erfahren, was ihn zu mir führt! —
(Laut:) Und das
Soll ich Euch glauben?

Vermont.
Was? Ihr zweifelt noch
An meinen Worten? — Ach! Ich muß es dulden,
Bis ich Euch klargemacht, daß wohlgesinnt,
Daß ich als Freund Euch nahe mit der Absicht,
Begang'ne Fehler gut zu machen.

Lucile.
Ei!
Das läßt sich hören! Viel habt Ihr verschuldet!

Vermont.
Doch werdet Alles Ihr verzeih'n, vergessen,
Habt Ihr nur erst gehört, Verehrteste,
Welch' großes Glück ich Euch entgegentrage!

Lucile.
Ihr spannt auf's Höchste meine Neubegier!

Vermont (für sich).
Sie ist schon zahm! Jetzt gilt's, das Netz zu werfen!
(laut:) Befried'gen will ich Euch. Ihr wißt, Suleau
Hat sich gerettet!

Lucile.
Wie, gerettet? Doch
Er ist noch in Paris! —

Vermont.
Ja wohl! Allein
Er denkt zu flieh'n!

Lucile.
(Heftig:) Das darf nicht sein!

Vermont.

Darum
Bin ich bei Euch. Denn sicherlich, Ihr habt
Des Eides nicht vergessen, den Ihr einst
An Eures Vaters Leiche schwort!...

Lucile.

Vergessen?
O nimmermehr!

Vermont.
Ich wußt' es ja!

Lucile.
Nun? Und?

Vermont.
Ihr war't damals so wild, daß ich nicht wagte...
Jetzt ist es anders, ruhig – überlegt
Könnt meinen Antrag Ihr erwägen, — und
Behagt er Euch....

Lucile.
Heraus nur mit der Sprache!

Vermont.
Ich bin bereit, Suleau Euch auszuliefern, —
Wenn Euch der Preis nur nicht zu hoch erscheint.

Lucile.
Ihr wolltet wirklich? wirklich? O! dann seid
Wahrhaftig Ihr mein Freund, und wenn Ihr nicht
Unmögliches verlangt — so ist's gewährt! —
Was ist der Preis?

Vermont.
(Dämonisch, leise:) Ihr selbst!...

Lucile.
(Prallt entsetzt zurück.) Ich selbst? Ich selbst?
Wer gab Euch nur den Muth, daran zu denken
Und auszusprechen solche Infamie! —
Denn möglich haltet Ihr's doch nicht? — Niemals?!

Vermont.
(Kalt:) Verzeiht! Ich habe mich geirrt! Ich wähnte,

Noch flamme Haß in Eurem Busen, — noch
Sei all' die Schmach Euch gegenwärtig, — all'
Das Leid, das über Euch Suleau gebracht! —
Ich habe mich geirrt, Madame! — Verzeiht!

Lucile.

Nein, nein, Ihr irrt Euch nicht! Mit ganzer Seele
Noch haß' ich ihn, und fürchterlich lebendig
Steht Alles vor mir, was er mir gethan!
Doch diesen Preis — ich kann ihn Euch nicht geben!

Vermont.

Dann — lebet wohl! Schon morgen flieht Suleau,
Und daß Ihr ihn bis dahin nicht entdeckt,
Dafür ist wohl gesorgt! —

Lucile.
     O Gott! O Gott!
Was soll ich thun? — Dem mich ergeben? Nein!
Das kann ich nicht! Die Haare sträuben sich
Bei dem Gedanken mir an solche Schmach!
Und auf Suleau verzichten, jetzt verzichten,
Wo endlich das ersehnte Ziel mir winkt?
Das ist unmöglich! Nein! Auch dieses nicht! —
O Teufel, sprich, bist Du denn hergekommen,
Um rasend mich zu machen? — Sieh' mich an!
Zu Deinen Füßen liege ich, und flehe,
Das arme, namenlos gequälte Weib,
Dich fleh' ich an! Sei einmal nur barmherzig,
Einmal in Deinem Leben übe Milde,
Und gib ihn mir! Gib ihn in meine Hand,
Und Alles nimm dafür, was mein gehört, —
Nur mich, — nur mich verschone!

Vermont.
    (Wild:) Nimmermehr!
Du bist zu schön! Ganz mußt Du mir gehören!
Und daß Du nicht in Deiner Raserei
Den Dolch ge'n Deinen eig'nen Busen zückest,
Nachdem Du Dich gerächt, so sag' ich Dir:
Zuerst den Lohn, — und dann magst ihn Du haben!

Lucile.

O fürchterlich! Und doch! Ich muß! Ich muß!
Ich kann nicht! Nein! Ich kann nicht! Gott im Himmel!

5. Scene.
Die Vorigen. Das Mädchen.

Lucile.

Was ist?

Mädchen.

(Sagt ihr leise einige Worte.)

Lucile.

(Aufjauchzend, leise:) O endlich! endlich!
(Laut:) Er soll warten!
(Mädchen ab.)

6. Scene.
Lucile. Vermont.

Vermont.

Ihr habt Besuch?

Lucile.

Ein Bote nur vom Club. —
Ich bitt' Euch, tretet einen Augenblick
In dieses Zimmer hier.
(Vielsagend:) Wir sprechen dann
Noch weiter. —

Vermont.

Dann? — O! Gerne warte ich!
(Vermont links ab.)

7. Scene.
Lucile (allein.)

(Drohend:) Weh' Dir! Jourdan kommt nicht mit leeren
Händen,

Und bringt er ihn, so bist auch Du verloren!
(Ruft gedämpft:) Jourdan!

8. Scene.
Lucile. Jourdan.

Lucile.
(Stürzt auf ihn zu, in höchster Aufregung:)
Mein Freund! O daß Du endlich kommst,
Befreier, Retter meiner armen Seele!
O! was hab' ich gelitten diese Stunde,
Wie schrecklich drängte der Versucher mich,
Welch' eine Schande drohte mir! — Do n sag'!
Du bringst mir gute Nachricht! Du erfuhrst
Zum mindesten, wo sich Suleau verbirgt?

Jourdan.
Verbirgt? — Ich nahm ihn ja doch selbst gefangen!

Lucile.
So log' der Schurke dieses auch! O! Rache!

Jourdan.
Von wem denn sprichst Du?

Lucile.
Leise, theurer Freund!
Daß er nicht Deine Stimme hört! Und wen
Ich meine, gleich sollst Du es wissen. Doch,
Erst sage mir, wann treff' ich ihn und wo?

Jourdan.
Ei, wie Du seltsam frägst! Du bist verwirrt!
Vergissest Du denn ganz, was Dir Jourdan
Versprochen hat? Ich hab' ihn **mitgebracht**!

Lucile.
(In wahnsinniger Freude:)
Wie? Hör' ich recht? Ihn mitgebracht, Jourdan?
Ihn mitgebracht — und gleich soll ich ihn haben?
Und nimmer wird er mir entrinnen? O!
Du hältst ihn fest, Jourdan, nicht wahr? nicht wahr?
Du hältst ihn fest, wenn mir die Kraft versagt?

(Klagend:) Ich bin ja nur ein Weib! Du mußt mich stützen!
     Jourdan (gerührt).
Das will ich, ja! Beruhige Dich nur!
      Lucile.
Ja, Du hast Recht! Jetzt muß ich ruhig sein!
Denn Jener d'rin, — auch seine Stunde schlägt! —
(Leise:) Dort in dem Zimmer ist der Freund Suleau's,
Ein Bube sonder Gleichen, der mir eben
Den Antrag machte, — o! ich kann's nicht sagen!....
Jetzt aber hab' ich ihn, und Du —
      Jourdan.
        Nun! Ich?
      Lucile.
Jourdan! Du tritt hinaus und lausche, bis
Ich rufe: „Halt! Nur nicht so schnell!" — dann stürze
Mit Deinen Leuten schnell bereit in's Zimmer,
Und binde ihn! — Leicht ist er überwältigt; —
Und dann bring' mir Suleau! — Ist er gebunden?
      Jourdan.
Nicht nöthig war's! Er ist ja jetzt so matt,
Als wie im Herbst die Fliegen. Auch gab er
Sich gerne mir gefangen, da er hörte,
Daß Du nach ihm verlangst! 's ist nichts zu fürchten!
Jetzt aber will ich geh'n! —
      Lucile.
       Und sei bereit!
      Jourdan.
Das will ich meinen! Mach's nur schnell mit ihm!
         (Jourdan ab.)

9. Scene.

Lucile (allein).

(Sie wirft das Oberkleid ab, und steht mit entblößtem Nacken und Armen da.)
(Dämonisch:) Ich will Dich kirren, daß Dein Mark zerschmilzt!
(Sie öffnet die Thüre links und ruft lockend:)
Herr Graf! Ihr könnt schon kommen!

10. Scene.

Lucile. Vermont.

Vermont.
Ah! Wie schön!

Lucile.
O! wie Ihr gütig seid! — Doch wohl mir selbst,
Wenn ich Euch nur genüge! Denn fürwahr!
Ich bangte schon, Ihr habt Euch's überlegt,
Und wollt zurück —

Vermont.
Wie könnt Ihr so nur denken!
Ein Mann — Ein Wort! Doch sagt! Kann ich nun hoffen?

Lucile.
Ihr zweifelt noch? — Ach ja! Ich war recht thöricht,
Als ich mich erst besann. — Doch kommt! Nehmt Platz!
Hier auf dem Sofa!
(Ihn näher an sich ziehend.)
Wie Ihr schüchtern seid!

Vermont.
Ja, in der That! Befangen macht Ihr mich!
Vor Eurer Schönheit zittern muß der Mann:
Sie hetzt sein Blut, und macht es wieder stocken, —
Sie wirret ihm den Sinn!

Lucile.
(Lachend:) Nicht doch! Ihr seid
Ein arger Schmeichler, Graf! Was ist an mir!
Ich finde nichts! . . .

Fermont.
Doch ich! — Der schöne Arm!...
(Er greift nach ihrem Arm und will ihn küssen.)
Lucile.
(Reißt zurück und stößt absichtlich an seinen Degen.)
O weh! Der Degen! — Leget ihn doch fort,
Jetzt braucht Ihr ihn ja nicht! —
Fermont.
(Den Degen abschnallend:) Ja wohl! Jetzt gilt
Es andre Waffen!
(Er will den Degen neben sich legen.)
Lucile.
O nicht hier!
Fermont.
Wohin?
Lucile.
Dort in die fernste Ecke!
Fermont.
(Trägt den Degen fort; für sich:)
Welch' ein Weib!
Sie reizt mich, daß das Blut die Adern mir
Beinahe sprengt!
Lucile.
(Lachend:) Wie Ihr gehorsam seid!
Fermont.
(Kehrt zurück und setzt sich wieder.)
Ja! einem solchen Weibe gegenüber
Wird selbst ein Mann, wie ich, zum Kind! Ihr mögt
Von mir jetzt fordern, was Ihr wollt, Lucile,
Ich will es thun! Ja, heute Nacht noch schaff'
Ich Euch Suleau herbei, doch erst seid mein!
(Er will sie umfassen.)
Lucile.
(Springt auf.) Halt! nur nicht so schnell!

11. Scene.

Die Vorigen. Jourdan mit drei Männern stürzt herein.

Lucile.
Los auf den Burschen! Packt und bindet ihn!

Vermont
(will nach seinem Degen greifen).

Wo ist mein Degen? — Ha! Verrätherin!
Das also war's! Du wolltest mich entwaffnen!
Doch ich — Ihr wollt mich doch nicht binden, Hunde?
(Im selben Momente hat ihn Jourdan von rückwärts bei den Händen gefaßt und die Männer binden sie ihm auf den Rücken.)

Vermont.
(Wüthend:) O niederträchtig! So mir mitzuspielen!

Lucile.
So Dir wie mir! Das ist die alte Regel!
(Jourdan ab. Die drei Männer bleiben.)

12. Scene.

Lucile. Vermont. Die drei Männer.

Vermont.
Die falsche Schlange wagt noch, mich zu höhnen!
Wär' ich jetzt frei, zerreissen wollt' ich sie!

Lucile
(tritt zu einem Gestell mit Waffen, und steckt einen Dolch in den Gürtel.)

Wie gut Ihr's meint. — Doch dürft' es anders kommen!

13. Scene.

Die Vorigen. Jourdan. Suleau (gebunden).

Lucile (für sich).
Da ist er! Himmel! Wie herabgekommen!
O, kaum vermag ich es, ihn anzuseh'n!

Suleau.
Vermont!

Vermont.
Suleau!

Suleau.
Wie? Du gebunden, Freund?

Vermont.
Ja, wie Du siehst! — Die Weiber haben Launen!

Suleau.
Doch diese Laune scheint mir furchtbar ernst!
(Sich umwendend, erblickt er Theroigne.)
Lucile! Lucile!

Lucile.
(Für sich:) Welch' weicher, süßer Laut!
So rief er damals auch, als er mich lockte,
Und damals — folgt' ich ihm! Jetzt! — nimmermehr!
(Laut:) Ja, Graf Suleau, sie steht vor Dir — Lucile, —
Und Rechenschaft verlangt sie unerbittlich!
Doch früher will auf diesen hier ich weisen.
Er war Dein Freund, und sicherlich, er gab
Dir manchen Rath, wie ihn ein Schurke gibt,
Und Du warst schwach genug, ihn zu befolgen. —
Doch weißt Du, was er nun gethan? Er kam, —
Dich zu verrathen kam er her zu mir,
V e r s c h a c h e r n wollte er des Freundes L e b e n
Für — meinen L e i b! — Das war Dein F r e u n d, —
Suleau!

Jourdan
(macht eine Bewegung des Abscheues).

Suleau.
Unmöglich!

Lucile.
Ja! und dennoch, dennoch wahr!

Suleau.
Pfui über Dich! Du bist kein Edelmann!

Vermont.
Mach' Dich nicht lächerlich! Du bist ein Narr!

Lucile (auffahrend).
Schweig! Deine Stimme ist mir zu verhaßt!

(zu Suleau:)
Und nun zu Dir! Was Du an mir verbrochen,
Nicht sag' ich es, — Dir ist es wohl bewußt,
Und nur mit Schaudern könntest Du vernehmen
Der Frevel Uebermaß! Doch dieses wisse:
Du hast mich so getreten, Unglückfel'ger,
So ganz hast Du zerstört mein beff'res Ich,
Daß nur noch ein Gefühl in mir verblieb,
Doch ein Gefühl, das mich unsterblich machte:
Der Haß, der Haß gen Dich!

Suleau.
     O Jammer! Jammer!
Lucile.
Nun aber frag' ich Dich: Hält'st Du's für möglich,
Mensch, glaubst Du, daß ein Weib v e r z e i h e n kann,
Das man gemartert hat so unerhört?
Ja, glaubst Du nur, daß, wenn ein solches Weib
Verzeihen w o l l t e, auch verzeihen d ü r f t e?

Suleau.
Ich glaub' es n i c h t! —

Lucile.
  (Für sich:) Wie faff' ich dies? Er bebt,
Er zittert nicht, er bittet nicht um Gnade,
Und doch auch trotzig scheint mir nicht sein Wesen;
Er hält sich edel, und er beugt sein Haupt,
Selbst von der Schuld gedrückt, die auf ihm lastet!
So dachte ich ihn nicht, und fast benimmt
Mir seine Haltung meinen Groll! — Doch nein!
(Laut:) Ich hörte recht? Selbst hast Du eingestanden,
Daß solch' Vergeh'n gerichtet werden m u ß?
Und welches Urtheil sprichst Du Dir?

Suleau.
     Den — Tod!
Lucile.
(Auffahrend:) Du selbst?!
Suleau.
 Ich selbst. —

Lucile.

(Sich fassend:) Ihr Alle habt's gehört;
Und wie er sprach, so sei's! —
      Mit eig'ner Hand
Vollführe ich den Spruch . . . . . .
   (Sie hebt die Hand zum Stoß.)
      . . . . und löse so
Das Wort, das ich dem todten Vater gab! —
  (Mit einem Schrei wendet sie sich ab.)
Ich kann nicht, nein! — Jourdan! . . . . .

Jourdan.

(Stößt Suleau sein Messer in die Brust.) Es ist vollbracht! —

Lucile.

(Entsetzt:) Mein Gott! Suleau! Was ist? . . .

Suleau.

    (Sinkend:) Ich bin gerichtet, —
Und wenig Worte nur vermag ich noch
Zu Dir zu sprechen! — Höre mich, Lucile,
Ich hab' an Dir so schlecht gehandelt, wie
Dein schlimmster Feind, und doch hab' ich so heiß,
So glühend Dich geliebt, wie sonst kein Mann!
Allein — ich wußt' es nicht, ich dünkte mich
Der wahren Liebe gar nicht fähig, und
Was in mir vorging, was mich zu Dir trieb
Und was mich ruh'n nicht ließ, auch da ich Dich
Verlassen, — ach! ich hielt's für Sinnlichkeit,
Weil Du mir ja die Sinne auch entflammt!
So hab' ich mich getäuscht, und irrte rastlos
Von Weib zu Weib, — und bin zurückgekehrt,
Zurück' zu Dir, Du armes, theures Lieb, —
Und da erkannt' ich erst, daß ich Dich liebe!
Und hättest Du mich nicht geholt, ich selbst,
Aus freien Stücken, wär' zu Dir gekommen,
Um zu empfangen Straf' und Lohn zugleich
Für all' mein Unrecht und für meine Liebe,
Den Tod und einen letzten Blick von Dir! —
    (Er sinkt todt zusammen.)

Lucile.
(hat ihm verzückt gelauscht).

Habt Ihr's gehört? Er hat mich doch geliebt,
Und wußt' es nicht, und hat mich d'rum verrathen,
Und kehrte dann zurück, weil er nicht sein,
Nicht leben konnte ohne mich, der Arme, —
So groß war seine Liebe! Julius!
O Julius, ich danke Dir dafür,
Für dies Geständniß, das mich alle Qual
Und alle Schmach vergessen läßt, die ich
Durch Dich erlitt! Ich danke, danke Dir
Für dieses unverhoffte Glück, das Du
Im Tode mir bereitet! — Diese Liebe
Verkläret ganz mein Wesen, denn das Weib
Kennt ja nicht süßern Lohn, kein höher Ziel,
Noch heißer Wünschen als geliebt zu sein!
Ich aber war's — Du hast es mir gesagt, —
Ich hab' es doch erreicht das hohe Ziel,
Und kann nun ruhig sterben — neben Dir!
(Mit Blitzesschnelle stößt sie sich den Dolch in die Brust.)

Jourdan.
Halt ein!

Lucile.
Zu spät! Es ist gescheh'n! — Leb' wohl,
Jourdan, und kämpfe für dies arme Volk,
Und auch für diesen unglückſel'gen Adel,
Der so verdorben ist, daß er sich selbst
Nicht edler Regung mehr für fähig hält,
Wie Du's an dem geseh'n! — Und siege! siege!
(Sie sinkt zusammen,)

Jourdan.
So will ich thun mit Gott und eig'ner Kraft! —
Doch dieser da — (auf Vermout weisend) was soll mit
ihm gescheh'n?

Lucile.
Er ist so schlecht, daß ich im Tode selbst
Nicht milde sein gedenken kann! Dies sei
Das Maß Dir, wenn Du ihn bestrafst! —

Jourdan.
Es sei! —

Der Vorhang fällt.

Wien. Druck von Carl Fromme.